张晓风散文集

ZHANG XIAOFENG SANWEN JI

张晓风　著

百花洲文艺出版社

图书在版编目（CIP）数据

张晓风散文集 / 张晓风著. -- 南昌：百花洲文艺
出版社，2023.11
　　ISBN 978-7-5500-5019-8

　　Ⅰ.①张… Ⅱ.①张… Ⅲ.①散文集－中国－当代
Ⅳ.①I267

中国国家版本馆CIP数据核字(2023)第160719号

张晓风散文集

张晓风　著

出 版 人　陈　波
责任编辑　周振明　陈俪尹
书籍设计　师鲁贝尔
制　　作　师鲁贝尔
出版发行　百花洲文艺出版社
社　　址　南昌市红谷滩区世贸路898号博能中心Ⅰ期A座20楼
邮　　编　330038
经　　销　全国新华书店
印　　刷　唐山玺鸣印务有限公司
开　　本　710mm×930mm　1/16　　印张　16
版　　次　2023年11月第1版
印　　次　2023年11月第1次印刷
字　　数　189千字
书　　号　ISBN 978-7-5500-5019-8
定　　价　22.80元

赣版权登字　05-2023-296

邮购联系　0791-86895108
网　　址　http://www.bhzwy.com
图书若有印装错误，影响阅读，可向承印厂联系调换。

獨秀山
借山圖之十八　白石

九十二白石老人

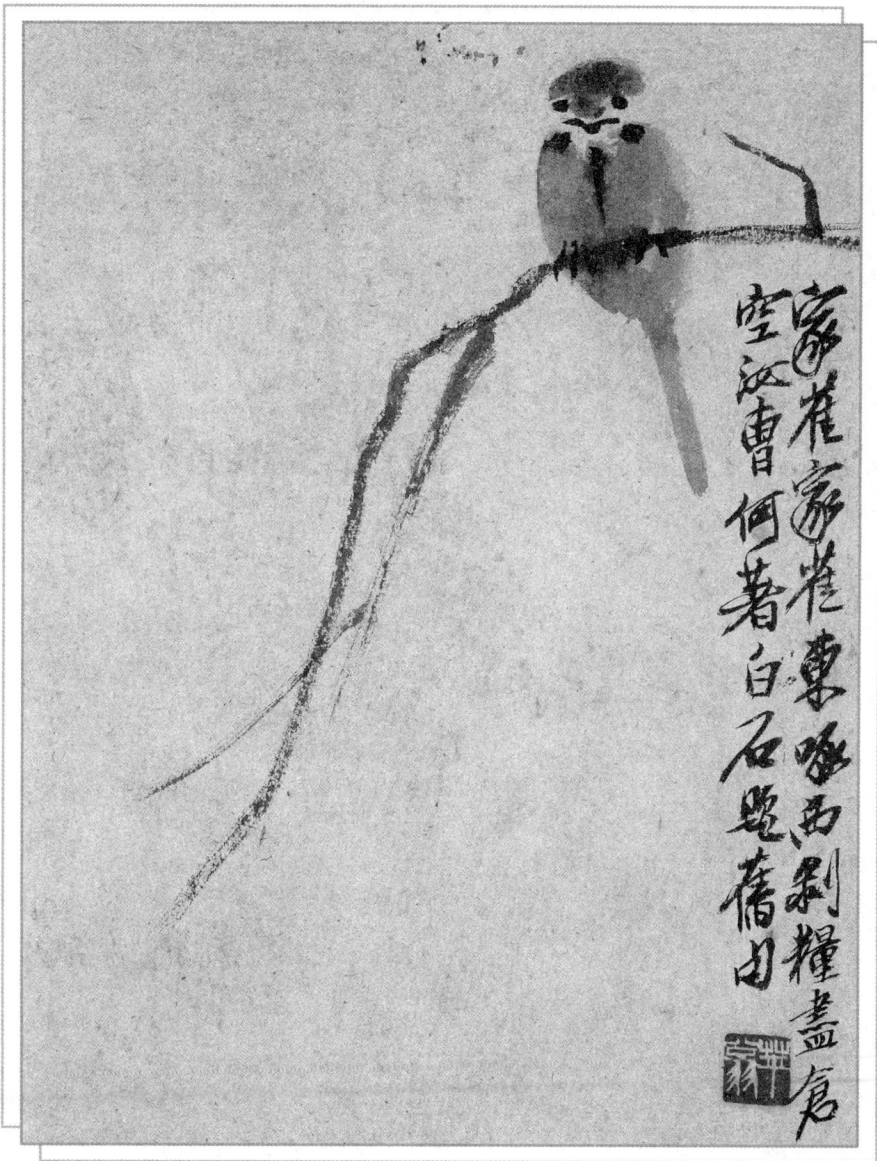

家雀家雀東啄西剥糧盡倉
空汲曹何著白石翁舊句

目录

地毯的那一端

母亲的羽衣

行道树

只因为年轻啊

放尔千山万水身

常常，我想起那座山

地毯的那一端。

我喜欢我们的日子从黯淡凛冽的季节开始，这样，明年的春花才对我们具有更美的意义。

地毯的那一端

德：

从疾风中走回来，觉得自己像是浮起来了。山上的草香得那样浓，让我想到，要不是有这样猛烈的风，恐怕空气都会给香得凝冻起来！

我昂首而行，黑暗中没有人能看见我的笑容。白色的芦荻在夜色中点染着凉意——这是深秋了，我们的日子在不知不觉中临近了。我遂觉得，我的心像一张新帆，其中每一个角落都被大风吹得那样饱满。

星斗清而亮，每一颗都低低地俯下头来。溪水流着，把灯影和星光都流乱了。我忽然感到一种幸福，那种混沌而又陶然的幸福。我从来没有这样亲切地感受到造物的宠爱——真的，我们这样平庸，我总觉得幸福应该给予比我们更好的人。

但这是真实的，第一张贺卡已经放在我的案上了。洒满了细碎精致的透明照片，灯光下展示着一个闪烁而又真实的梦境。画上的金钟摇荡，遥遥地传来美丽的回响。我仿佛能听见那悠扬的音韵，我仿佛能嗅到那沁人的玫瑰花香！而尤其让我神往的，是那几行可爱的祝词："愿婚礼的记忆存至永远，愿你们的情爱与日俱增。"

是的，德，永远在增进，永远在更新，永远没有一个边和底——六年了，我们护守着这份情谊，使它依然焕发，依然鲜洁，正如别人所说的，我们是何等幸运。每次回顾我们的交往，我就仿佛走进博物馆的长廊。其间每一处景物都意味着一段美丽的回忆，每一件东西都牵扯着一个动人的故事。

那样久远的事了。刚认识你的那年才十七岁，一个多么容易做出错误决定的年纪！但是，我知道，我没有错。我生命中再没有一件决定比这项更正确了。前天，大伙儿一块吃饭，你笑着说："我这个笨人，我这辈子只做了一件聪明的事。"你没有再说下去，妹妹却拍手起来，说："我知道了！"啊，德，我能够快乐地说，我也知道。因为你做的那件聪明事，我也做了。

那时候，大学生活刚刚展开在我面前。台北的寒风让我每日思念南部的家。在那小小的阁楼里，我呵着手写蜡纸。在草木摇落的道路上，我独自骑车去上学。生活是那样黯淡，心情是那样沉重。在我的日记上有这样一句话："我担心，我会冻死在这小楼上。"而这时候，你来了。你那种毫无企图的友谊四面环护着我，让我的心触及最温柔的阳光。

我没有兄长，从小我也没有和男孩子同学过。但和你交往却是那样自然，和你谈话又是那样舒服。有时候，我想，如果我是男孩子多么好呢！我们可以一起去爬山，去泛舟。让小船在湖里任意飘荡，任意停泊，没有人会感到惊奇。好几年以后，我将这些想法告诉你，你微笑地注视着我："那，我可不愿意，如果你真想做男孩子，我就做女孩。"而今，德，我没有变成男孩子，但我们可以去遨游，去做山和湖的梦。因为，我们将有更亲密的关系了。啊，想象中终生相爱相随该是多么美好！

那时候，我们穿着学校规定的卡其服。我新烫的头发又总是被风刮得乱蓬蓬的。想起来，我总不明白你为什么那样喜欢接近我。那年大考的时候，我蜷曲在沙发里念书。你跑来，热心地为我讲解英文文法。好心的房东为我们送来一盘春卷，我慌乱极了，竟吃得洒了一裙子。你瞅着我说："你真像我妹妹，她和你一样大。"我窘得不知如何是好，只是一径低着头，假做抖那长长的裙幅。

那些日子真是冷极了。每逢没有课的下午我总是留在小楼上，弹弹风琴，把一本拜尔琴谱都快翻烂了。有一天你对我说："我常在楼下听你弹琴。你好像常弹那首《甜蜜的家庭》。怎样？在想家吗？"我很感激你的窃听，唯有你了解、关切我凄楚的心情。德，那个时候，当你独自听着的时候，你想些什么呢？你想到有一天我们会组织一个家庭吗？你想到我们要用一生的时间以心灵的手指合奏这首歌吗？

寒假过后，你把那叠泰戈尔诗集还给我。你指着其中一行请我看："如果你不能爱我，就请原谅我的痛苦吧！"我于是知道发生什么事了。我不希望这件事发生，我真的不希望。并非由于我厌恶你，而是因为我太珍重这份素净的友谊，反倒不希望有爱情去加深它的色彩。

但我却乐于和你继续交往。你总是给我一种安全稳妥的感觉。从一开始，我就付给你我全部的信任，只是，当时我心中总向往着那种传奇式的、惊心动魄的恋爱，并且喜欢那么一点点的悲剧气氛。为着这些可笑的理由，我耽延着没有接受你的奉献。我奇怪你为什么仍那样固执地等待。

你那些小小的关怀常令我感动。那年圣诞节你把得来不易的几颗巧克力糖，全部拿来给我了。我爱吃笋豆里的笋子，唯有你注意到，并且耐心地为我挑出来。我常常不晓得照料自己，唯有你想到用自己的外衣披在我身上。（我至今不能忘记那衣服的温暖，它在我心中象征了许多意义。）是你，敦促我读书。是你，容忍我偶发的气性。是你，仔细纠正我写作的错误。是你，教导我为人的道理。如果说，我像你的妹妹，那是因为你太像我大哥的缘故。

后来，我们一起得到学校的工读金。分配给我们的是打扫教室的工作。每次你总强迫我放下扫帚，我便只好遥遥地站在教室的末端，看你奋力工作。在炎热的夏季里，你的汗水滴落在地上。我无言地站着，等你扫好了，我就去掸掸桌椅，并且帮你把它们排齐。每次，当我们目光偶然相遇的时候，总感到那样兴奋。我们是这样地彼此了解。我们合作的时候总是那样完美。我注意到你手上的硬茧，它们把那虚幻的字眼十分具体地说明了。我们就在那飞扬的尘影中完成了大学课程——我们的经济从来没有富裕过；我们的日子却从来没有贫乏过。我们活在梦里，活在诗里，活在无穷无尽的彩色希望里。记得有一次我提到玛格丽特公主在她婚礼中说的一句话："世界上从来没有两个人像我们这样快乐过。"你毫不在意地说："那是因为他们不认识我们的缘故。"我喜欢你的自豪，因为我也如此自豪着。

我们终于毕业了，你在掌声中走到台上，代表全系领取毕业证书。我的掌声也夹在众人之中，但我知道你听到了。在那美好的六月清晨，我的眼中嚼着欣喜的泪。我感到那样骄傲，我第一次分沾你的成功，你的光荣。

"我在台上偷眼看你，"你把系着彩带的文凭交给我，"要不是中国风俗如此，我一走下台来就要把它送到你面前去的。"

　　我接过它，心里垂着沉甸甸的喜悦。你站在我面前，高昂而谦和、刚毅而温柔。我忽然发现，我关心你的成功，远远超过我自己的。

　　那一年，你在军中。在那样忙碌的生活中，在那样辛苦的演习里，你却那样努力地准备研究所的考试。我知道，你是为谁而努力的。在凄长的分别岁月里，我开始了解，存在于我们中间的是怎样一种感情。你来看我，把南部的冬阳全带来了。那厚呢的"陆战队"军服重新唤起我童年时期对于号角和战马的梦。我一直没有告诉你，当时你临别敬礼的镜头烙在我心上有多深。

　　我帮着你搜集资料，把抄来的范文一篇篇断句、注释。我那样竭力

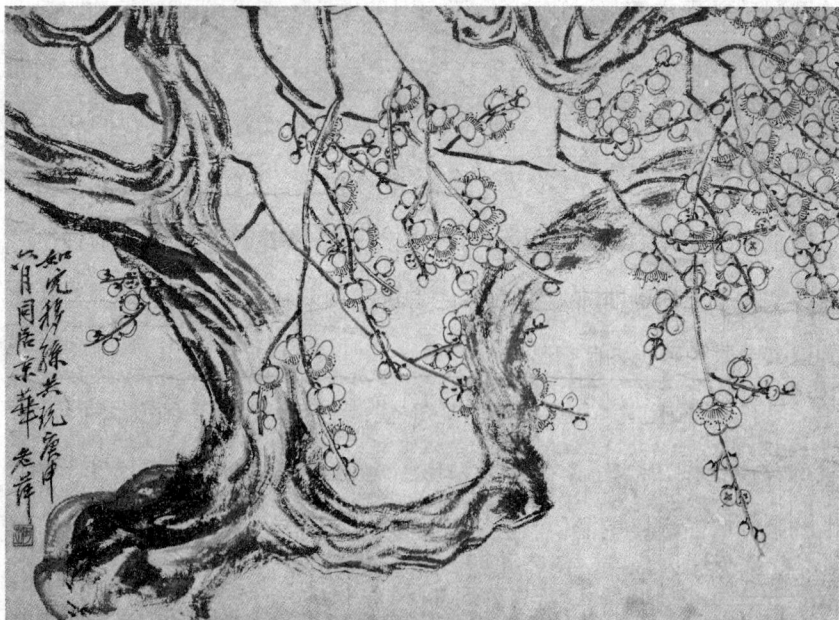

地做，怀着无上的骄傲。这件事对我而言有太大的意义。这是第一次，我和你共赴一件事，所以当你把录取通知转寄给我的时候，我竟忍不住哭了。德，没有人经历过我们的奋斗，没有人像我们这样相期相勉，没有人多年来在冬夜图书馆的寒灯下彼此伴读。因此，也就没有人了解成功带给我们的兴奋。

我们又可以见面了，能见到真真实实的你是多么幸福。我们又可以去做长长的散步，又可以蹲在旧书摊上享受一个闲散黄昏。我永不能忘记那次去泛舟。回程的时候，忽然起了大风。小船在湖里直打转，你奋力摇橹，累得一身都汗湿了。

"我们的道路也许就是这样吧！"我望着平静而险恶的湖面说，"也许我使你的负担更重了。"

"我不在意，我高兴去搏斗！"你说得那样急切，使我不敢正视你的目光，"只要你肯在我的船上，晓风，你是我最甜蜜的负荷。"

那天我们的船顺利地拢了岸。德，我忘了告诉你，我愿意留在你的船上，我乐于把舵手的位置给你。没有人能给我像你给我的安全感。

只是，人海茫茫，哪里是我们共济的小舟呢？这两年来，为着成家的计划，我们劳累到几乎虐待自己的地步。每次，你快乐的笑容总鼓励着我。

那天晚上你送我回宿舍，当我们迈上那斜斜的山坡，你忽然驻足说："我在地毯的那一端等你！我等着你，晓风，直到你对我完全满意。"

我抬起头来，长长的道路伸延着，如同圣坛前柔软的红毯。我迟疑了一下，便踏向前去。

现在回想起来，已不记得当时是否是个月夜了，只觉得你诚挚的言词闪烁着，在我心中亮起一天星月的清辉。

"就快了！"那以后你常乐观地对我说，"我们马上就可以有一个小小的家。你是那屋子的主人，你喜欢吧？"

我喜欢的，德，我喜欢一间小小的陋屋。到天黑时分我便去拉上长长的落地窗帘，捻亮柔和的灯光，一同享受简单的晚餐。但是，哪里是我们的家呢？哪儿是我们自己的宅院呢？

你借来一辆半旧的脚踏车，四处去打听出租的房子，每次你疲惫不堪地回来，我就感到一种痛楚。

"没有合意的，"你失望地说，"而且太贵，明天我再去看。"

我没有想到有那么多困难，我从不知道成家有那么多琐碎的事，但至终我们总算找到一栋小小的屋子了。有着窄窄的前庭，以及矮矮的榕树。朋友笑它小得像个巢，但我已经十分满意了。无论如何，我们有了可以憩息的地方。当你把钥匙交给我的时候，那重量使我的手臂几乎为之下沉。它让我想起一首可爱的英文诗："我是一个持家者吗？哦，是的。但不止，我还得持护着一颗心。"我知道，你交给我的钥匙不止此数。你心灵中的每一个空间我都持有一枚钥匙，我都有权径行出入。

亚寄来一卷录音带，隔着半个地球，他的祝福依然厚厚地绕着我。那样多好心的朋友来帮我们整理。擦窗子的，补纸门的，扫地的，挂画儿的，插花瓶的，拥拥熙熙地挤满了一屋子。我老觉得我们的小屋快要炸了，快要被澎湃的爱情和友谊撑破了。你觉得吗？他们全都兴奋着，我怎能不兴奋呢？我们将有一个出色的婚礼，一定的。

这些日子我总是累着。去试礼服，去买首饰，去选窗帘的颜色。我的心像一座喷泉，在阳光下涌溢着七彩的水珠儿。各种奇特复杂的情绪使我眩昏。有时候我也分不清自己是在快乐还是在茫然，是在忧愁还是在兴奋。我眷恋着旧日的生活，它们是那样可爱。我将不再住在宿舍里，享受阳台上的落日。我将不再偎在母亲的身旁，听她长夜话家常。而前面的日子又是怎样的呢？德，我忽然觉得自己好像要被送到另一个境域里去了。那里的道路是我未走过的，那里的生活是我过不惯的，我怎能不惴惴然呢？如果说有什么可以安慰我的，那就是：我知道你必定和我一同前去。

冬天就来了，我们的婚礼在即。我喜欢这季节，好和你厮守一个长长的严冬。我们屋角里不是放着一个小火炉吗？当寒流来时，我愿其中常闪耀着炭火的红光。我喜欢我们的日子从黯淡凛冽的季节开始，这样，明年的春花对我们才具有更美的意义。

我即将走入礼堂，德，当《婚礼进行曲》奏响的时候，父亲将挽着我，送我走到坛前，我的步履将凌过如梦如幻的花香。那时，你将以怎样的微笑迎接我呢。

我们已有过长长的等待，现在只剩下最后的一段了。等待是美的，正如奋斗是美的一样，而今，铺满花瓣的红毯伸向两端，美丽的希冀盘旋而飞舞。我将去即你，和你同去采撷无穷的幸福。当金钟轻摇，蜡炬燃起，我乐于走过众人去立下永恒的誓愿。因为，哦，德，因为我知道，是谁，在地毯的那一端等我。

我喜欢

我喜欢活着，生命是如此地充满了愉悦。

我喜欢冬天的阳光，在迷茫的晨雾中展开。我喜欢那份宁静淡远，我喜欢那没有喧哗的光和热，而当中午，满操场散坐着晒太阳的人，那种原始而纯朴的意象总深深地感动着我的心。

我喜欢在春风中踏过窄窄的山径，草莓像精致的红灯笼，一路殷勤地张结着。我喜欢抬头看树梢尖尖的小芽儿，极嫩的黄绿色中透着一派天真的粉红——它好像准备着要奉献什么，要展示什么。那柔弱而又生意盎然的风度，常在无言中教导我一些最美丽的真理。

我喜欢看一块平平整整、油油亮亮的秧田。那细小的禾苗密密地排在一起，好像一张多绒的毯子，是集许多翠禽的羽毛织成的，它总是激发我想在上面躺一躺的欲望。

我喜欢夏日的永昼，我喜欢在多风的黄昏独坐在傍山的阳台上。小山谷里的稻浪推涌，美好的稻香翻腾着。慢慢地，绚丽的云霞被浣净了，柔和的晚星遂一一就位。我喜欢观赏这样的布景，我喜欢坐在那舒服的包厢里。

我喜欢看满山芦苇，在秋风里凄然地白着。在山坡上、在水边上，美得那样凄凉。那次，刘告诉我他在梦里得了一句诗："雾树芦花连江白。"意境是美极了，平仄却很拗口。想凑成一首绝句，却又不忍心改它；想联成古风，又苦再也吟不出相当的句子。至今那还只是一句诗，一种美而孤立的意境。

我也喜欢梦，喜欢梦里奇异的享受。我总是梦见自己能飞，能跃过山丘和小河。我总是梦见奇异的色彩和悦人的形象。我梦见棕色的骏马，发亮的鬣毛在风中飞扬。我梦见成群的野雁，在河滩的丛草中歇宿。我梦见荷花海，完全没有边际，远远在炫耀着模糊的香红——这些，都是我平日不曾见过的。最不能忘记那次梦见在一座紫色的山峦前看日出——它原来必定不是紫色的，只是翠岚映着初升的红日，遂在梦中幻出那样奇特的山景。

我当然同样在现实生活里喜欢山，我办公室的长窗便是面山而开的。每次当窗而坐，总沉得满几尽绿，一种说不出的柔和。较远的地方，教堂尖顶的白色十字架在透明的阳光里巍立着，把蓝天撑得高高的。

我还喜欢花，不管是哪一种。我喜欢清瘦的秋菊、浓郁的玫瑰、孤洁的百合，以及幽娴的素馨。我也喜欢开在深山里不知名的小野花。十字形的、斛形的、星形的、球形的。我十分相信上帝在造万花的时候，赋给它们同样的尊荣。

我喜欢另一种花，是绽开在人们笑颊上的。当寒冷的早晨我在巷子里，对门那位清癯的太太笑着说："早！"我就忽然觉得世界是这样的亲

切，我缩在皮手套里的指头不再感觉发僵，空气里充满了和善。

当我到了车站开始等车的时候，我喜欢看见短发齐耳的中学生，那样精神奕奕的，像小雀儿一样快活的中学生。我喜欢她们美好宽阔而又明净的额头，以及活泼清澈的眼神。每次看着她们老让我想起自己，总觉得似乎我仍是她们中间的一个。仍然单纯地充满了幻想，仍然那样容易受感动。

当我坐下来，在办公室的写字台前，我喜欢有人为我送来当天的信件。我喜欢读朋友们的信，没有信的日子是不可想象的。我喜欢读弟弟妹妹的信，那些幼稚纯朴的句子，总是使我在泪光中重新看见南方那座燃遍凤凰花的小城。最不能忘记那年夏天，德从最高的山上为我寄来一片蕨类植物的叶子。在那样酷暑的气候中，我忽然感到甜蜜而又沁人的清凉。

我特别喜爱读者的信件，虽然我不一定有时间回复。每次捧读这些信件，总让我觉得一种特殊的激动。在这世上，也许有人已透过我看见一些东西。这不就够了吗？我不需要永远存在，我希望我所认定的真理永远存在。

我把信件分放在许多小盒子里，那些关切和情谊都被妥善地保存着。

除了信，我还喜欢看一点书，特别是在夜晚，在一灯荧荧之下。我不是一个十分用功的人，我只喜欢看词曲方面的书。有时候也涉及一些古拙的散文，偶然我也勉强自己看一些浅近的英文书，我喜欢它们文字变化的活泼。

夜读之余，我喜欢拉开窗帘看看天空，看看灿如满园春花的繁星。我更喜欢看远处山坳里微微摇晃的灯光。那样模糊、那样幽柔，是不是那里面也有一个夜读的人呢?

在书籍里面我不能自抑地喜爱那些泛黄的线装书,握着它就觉得握着一脉优美的传统,那涩黯的纸面蕴含着一种古典的美。我很自然地想到,有几个人执过它,有几个人读过它。他们也许都过去了。历史的兴亡、人物的更迭本是这样虚幻,唯有书中的智慧永远长存。

我喜欢坐在汪教授家的客厅里,在落地灯的柔辉中捧一本线装的昆曲谱子。当他把旧得发亮的褐色笛管举到唇边的时候,我就开始轻轻地按着板眼唱起来。那柔美幽咽的水磨调在室中低回着,寂寞而空荡,像江南一池微凉的春水。我的心遂在那古老的音乐中体味到一种无可奈何的轻愁。

我就是这样喜欢着许多旧东西。那块小毛巾,是小学四年级参加《儿童周刊》父亲节征文比赛得来的。那一角花岗石,是小学毕业时和小曼敲破了各执一半的。那个布娃娃是我儿时最忠实的伴侣。那本毛笔日记,是七岁时被老师逼着写成的。那两支蜡烛,是我过二十岁生日的时候,同学们为我插在蛋糕上的……我喜欢这些财富,以至每每整个晚上都在痴坐着,沉浸在许多快乐的回忆里。

我喜欢翻旧相片,喜欢看那个大眼睛长辫子的小女孩。我特别喜欢坐在摇篮里的那张,那么甜美无忧的时代!我常常想起母亲对我说:"不管你们将来遭遇什么,总是回忆起来,你们还有一段快活的日子。"是的,我骄傲,我有一段快活的日子——不只是一段,我相信那是一生悠长的岁月。

我喜欢把旧作品一一检视,如果我看出已往作品的缺点,我就高兴得不能自抑——我在进步!我不是在停顿!这是我最快乐的事了,我喜欢进步！

我喜欢美丽的小装饰品，像耳环、项链和胸针。那样晶晶闪闪的、细细微微的、奇奇巧巧的。它们都躺在一个漂亮的小盒子里，炫耀着不同的美丽。我喜欢不时看看它们，把它们佩在我的身上。

我就是喜欢这样松散而闲适的生活，我不喜欢精密地分配时间，不喜欢紧张地安排节目。我喜欢许多不实用的东西，我喜欢充足的沉思时间。

我喜欢晴朗的礼拜天清晨，当低沉的圣乐冲击着教堂的四壁，我就忽然升入另一个境界，没有纷扰、没有战争、没有嫉恨与恼怒。人类的前途有了新光芒，那种确切的信仰把我带入更高的人生境界。

我喜欢在黄昏时来到小溪旁。四顾没有人，我便伸足入水——那被夕阳照得极艳丽的溪水，细沙从我趾间流过，某种白花的瓣儿随波漂去，一会儿就幻灭了——这才发现那实在不是什么白花瓣儿，只是一些被石块激起来的浪花罢了。坐着，坐着，好像天地间流动着和暖的细流。低头沉吟，满溪红霞照得人眼花，一时简直觉得双足是浸在一钵花汁里呢！

我更喜欢没有水的河滩，长满了高及人肩的蔓草。日落时一眼望去，白石不尽，有着苍莽凄凉的意味。石块垒垒，把人心里慷慨的意绪也堆叠起来了。我喜欢那种情怀，好像在峡谷里听人喊秦腔，苍凉的余韵回转不绝。

我喜欢别人不注意的东西，像草坪上那株没人理会的扁柏，那株瑟缩在高大龙柏之下的扁柏。每次我走过它的时候总要停下来，嗅一嗅那股儿清香，看一看它谦逊的神气。有时候我又怀疑它是不是谦逊，因为也许它根本不觉得龙柏的存在。又或许它虽知道有龙柏存在，也不认为伟大与平凡有什么两样——事实上伟大与平凡的确也没有什么两样。

我喜欢朋友，喜欢在出其不意的时候去拜访他们。尤其喜欢在雨天去叩湿湿的大门，在落雨的窗前话旧事多么美。记得那次到中部去拜访芷的山居，我永不能忘记她看见我时的惊呼。当她连跑带跳地来迎接我，山上的阳光就似乎忽然炽燃起来了。我们走在向日葵的荫下，慢慢地倾谈着。那迷人的下午像一阕轻快的曲子，一会儿就奏完了。

我极喜欢，而又带着几分崇敬去喜欢的，便是海了。那辽阔，那淡远，都令我心折。而那雄壮的气象，那平稳的风范，以及那不可测的深沉，一直向人类做着无言的挑战。

我喜欢家，我从来不知道自己会这样喜欢家。每当我从外面回来，一眼看到那窄窄的红门，我就觉得快乐而自豪。我有一个家，多么奇妙！

我也喜欢坐在窗前等他回家来。虽然过往的行人那样多，我总能分辨他的足音。那是很容易的，如果有一个脚步声，一入巷子就开始跑，而且听起来是沉重急速的大阔步，那就准是他回来了！我喜欢他把钥匙放进门锁中的声音，我喜欢听他一进门就喘着气喊我的英文名字。

我喜欢晚饭后坐在客厅里的时分。灯光如纱，轻轻地撒开。我喜欢听一些协奏曲，一面捧着细瓷的小茶壶暖手。当此之时，我就恍惚能够想象一些田园生活的悠闲。

我也喜欢户外的生活，我喜欢和他并排骑着自行车。当礼拜天早晨我们一起赴教堂的时候，两辆车子便并驰在黎明的道上。朝阳的金波向两旁溅开，我遂觉得那不是一辆脚踏车，而是一艘乘风破浪的飞艇，在无声的欢唱中滑行。我好像忽然又回到了刚学会骑车的那个年龄，那样兴奋、那样快活、那样唯我独尊——我喜欢这样的时光。

我喜欢多雨的日子。我喜欢对着一盏昏灯听檐雨的奏鸣。细雨如丝，如一天轻柔的叮咛。这时候我喜欢和他共撑一柄旧伞去散步。伞际垂下晶莹成串的水珠——一幅美丽的珍珠帘子。于是伞下开始有我们宁静隔绝的世界，伞下缭绕着我们成串的往事。

我喜欢在读完一章书后仰起脸来和他说话，我喜欢假想许多事情。

"如果我先死了，"我平静地说着，心底却泛起无端的哀愁，"你要怎么样呢？"

"别说傻话，你这憨孩子。"

"我喜欢知道，你一定要告诉我，如果我先死了，你要怎么办？"

他望着我，神色愀然。

"我要离开这里，到很远的地方去，去做什么，我也不知道，总之，是很遥远很蛮荒的地方。"

"你要离开这屋子吗？"我急切地问，环视着被布置得像一片紫色梦谷的小屋。我的心在想象中感到一种剧烈的痛楚。

"不，我要拼命去赚很多钱，买下这栋房子。"他慢慢地说，声音忽然变得凄怆而低沉：

"让每一样东西像原来那样保持着。哦，不，我们还是别说这些傻话吧！"

我忍不住清泪泫然了，我不明白，为什么我喜欢问这样的问题。

"哦，不要痴了，"他安慰着我，"我们会一起死去的。想想，多美，我们要相携着去参加天国的盛会呢！"

我喜欢相信他的话，我喜欢想象和他一同跨入永恒。

我也喜欢独自想象老去的日子，那时候必是很美的。就好像夕晖满天的景象一样。那时候再没有什么可争夺的，可流连的。一切都淡了，都远了，都漠然无介于心了。那时候智慧深邃明彻，爱情渐渐醇化，生命也开始慢慢蜕变，好进入另一个安静美丽的世界。啊，那时候，那时候，当我抬头看到精金的大道，碧玉的城门，以及千万只迎我的号角，我必定是很激励而又很满足的。

我喜欢，我喜欢，这一切我都深深地喜欢！我喜欢能在我心里充满着这样多的喜欢！

有些人

有些人，他们的姓氏我已遗忘，他们的脸却恒常浮着——像晴空，在整个雨季中我们不见它，却清晰地记得它。

那一年，我读小学二年级，有一位女老师——我连她的脸都记不起来了，但好像觉得她是很美的。有哪一个小学生心目中的老师不美呢！也恍惚记得她身上那片不太鲜丽的蓝。她教过我们些什么，我完全没有印象，但永远记得某个下午的作文课，一位同学举手问她"挖"字该怎么写，她想了一下，说："这个字我不会写，你们谁会？"我兴奋地站起来，跑到黑板前写下了那个字。

那天，放学的时候，当同学们齐声向她说"再见"的时候，她向全班同学说："我真高兴，我今天多学会了一个字，我要谢谢这位同学。"

我立刻快乐得有如肋下生翅一般——我平生似乎再没有出现那么自豪的时刻。

那以后，我遇见无数学者，他们尊严而高贵，似乎无所不知。但他们教给我的，远不及那位女老师的多。她的谦逊，她对人不吝惜的称赞，使我忽然间长大了。

如果她不会写"挖"字，那又何妨，她已挖掘出一个小女孩心中宝贵的自信。

有一次，我到一家米店去。

"你明天能把米送到我们的营地吗？"

"能。"那个胖女人说。

"我已经把钱给你了，可是如果你们不送，"我不放心地说，"我们又有什么证据呢？"

"啊！"她惊叫了一声，眼睛睁得圆突突，仿佛听见一件耸人听闻的罪案，"做这种事，我们是不敢的。"

她说"不敢"两字的时候，那种敬畏的神情使我肃然，她所敬畏的是什么呢？是尊贵古老的卖米行业？还是"举头三尺即有神明"？她的脸，十年后的今天，如果再遇到，我未必能辨认，但我每遇见那无所不为的人，就会想起她——为什么其他的人竟无所畏惧呢！

有一个夏天，中午，我从街上回来，红砖人行道烫得人鞋底都要烧起来似的。忽然，我看到一个衣衫褴褛的中年人疲软地靠在一堵墙上，他的眼睛闭着，黧黑的脸曲扭如一截枯根。不知在忍受什么，他也许是中暑了，需要一杯甘洌的冰水。他也许很忧伤，需要一两句鼓励的话，但满街的人潮流动，美丽的皮鞋行过美丽的人行道，没有人驻足望他一眼。

我站了一会儿，想去扶他，但闺秀式的教育使我不能不有所顾忌，如果他是疯子，如果他的行动冒犯我——于是我扼杀了我的同情，让自己和别人一样地漠然离去。

那个人是谁？我不知道，那天中午他在眩晕中想必也没有看到我，我们只不过是路人。但他的痛苦却盘踞了我的心，他的无助的影子使我陷在长久的自责里。

上苍曾让我们相遇于同一条街，为什么我不能献出一点手足之情，为什么我有权漠视他的痛苦？我何以怀着那么可耻的自尊？如果可能，我真愿再遇见他一次，但谁又知道他在哪里呢？我们并非永远都有行善的机会——如果我们一度错过。

那陌生的脸于我是永远不可弥补的遗憾。

对于代数中的行列式，我是一点也记不清了。倒是记得那细瘦矮小、貌不惊人的代数老师。那年七月，当我们赶到联考考场的时候，只觉得整个人生都摇晃起来，无忧的岁月至此便渺茫了，谁能预测自己在考场后的人生？想不到的是代数老师也在那里，他那苍白而没有表情的脸竟会奔波过两个城市在考场上出现，是颇令人感到意外的。

接着，他蹲在泥地上，捡了一块碎石子，为特别愚鲁的我讲起行列式来。我焦急地听着，似乎从来未曾那么心领神会过。大地的泥土可以成为那么美好的纸张，尖锐的利石可以成为那么流丽的彩笔——我第一次懂得。他使我在书本上的朱注之外了解了所谓"君子谋道"的精神。

那天，很不幸的，行列式没有考，而那以后，我再没有碰过代数书，我的最后一节代数课竟是蹲在泥地上上的。我整个的中学教育也是在那无墙无顶的课室里结束的，事隔十多年，才忽然咀嚼出那意义有多美。

代数老师姓什么？我竟不记得了，我能记得语文老师所填的许多小词，却记不住代数老师的名字，心里总有点内疚。如果我去母校查一下，应该不甚困难，但总觉得那是不必要的，他比许多我记得姓名的人不是更有价值吗？

到山中去

德：

　　从山里回来已经两天了，但不知怎的，总觉得满身仍有拂不掉的山之气息。行坐之间，恍惚以为自己就是山上的一块石头，溪边的一棵树。见到人，再也想不起什么客套辞令，只是痴痴傻傻地重复一句话："你到山里头去过吗？"

　　那天你不能去，真是很可惜的。你那么忙，我向来不敢用不急之务打扰你。但这次我忍不住要写信给你。德，人不到山里去，不到水里去，那真是活得冤枉。

　　说起来也够惭愧了。在外双溪住了五年多，从来就不知道内双溪是什么样子。春天里每沿着公路走个半小时，看到山径曲折，野花漫开，就自以为到了内双溪。直到前些天，有朋友到那边漫游归来，我才知道原来山的那边还有山。

　　平常因为学校在山脚下，宿舍在山腰上，推开窗子，满眼都是起伏的青峦，衬着窗框，俨然就是一卷横幅山水，所以逢到朋友们邀我出游，我总是推辞。有时还爱和人抬杠道："何必呢？余胸中自有丘壑。"而这次，我是太累了、太倦了，也太厌了，一种说不出的情绪鼓动着我，告诉我在山那边有一种神秘的力量，我于是换了一身绿色轻装，登上一双绿色软鞋，掷开终年不离手的红笔，跨上一辆跑车，和朋友们相偕而去。——我一向喜欢绿色，你是知道的，但那天特别喜欢，似乎是觉得那颜色让我更接近自然，更融入自然。

德，人间有许多真理，实在是讲不清的。譬如说吧，山山都有石头，都有树木，都有溪流。但，它们是不同的，就像我们人和人不同一样。这些年来，在山这边住了这么久，每天看朝云、看晚霞、看晴阴变化，自以为很了解山了，及至到了山那边，才发现那又是另一种气象，另一种意境。其实，严格地说，常被人践踏观赏的山已经算不得什么山了。如果不幸成为名山，被些无聊的人盖了些亭阁楼台，题了些诗文字画，甚至起了观光旅社，那不但不成其为山，也不能成其为地了。德，你懂我了吗？内双溪一切的优美，全在那一片未凿的天真，让你想到，它现在的形貌和伊甸园时代是完全一样的。我真愿做那样一座山，那样沉郁、那样古朴、那样深邃。德，你愿意吗？

我真希望你看到我，碰见我的人都说我那天快活极了，我怎能不快活呢？我想起前些年，戴唱给我们听的一首英文歌。那歌词说："我的父亲极其富有，全世界在他权下，我是他的孩子——我掌管平原山野。"德，这真是最快乐的事了——我统管一切的美。德，我真说不出，真说不出。我几乎感觉痛苦了——我无法表达我所感受的。我们照了好些相片，以后我会拿给你看，你就可以明白了。唉，其实照片又何尝照得出

所以然来，暗箱里容得下风声水响吗？镜头中摄得出草气花香吗？埃默森说，大自然是一件从来没有被描写过的事物。可是，那又怎能算是人们的过失？用人的思想去匹配上帝的思想，用人工去模拟天工，那岂不是近乎荒谬的吗？

这些日子，应该已是初冬了，那宁静温和的早晨，淡淡的、像溶液般四面包围着我们的阳光，只让人想到最柔美的春天，我们的车沿着山路而上，洪水在我们的右方奔腾着，森然的乱石垒叠着。我从来没有见过这样急湍的流水和这样巨大的石块。而芒草又一大片一大片地杂生在小径旁。人行到此，只见渊中的水声澎湃，雪白的浪花绽开在黑色的岩石上。那种苍凉的古意四面袭来，心中便无缘无故地伤乱起来。回头看游伴，他们也都怔住了。我真了解什么叫"摄人心魄"了。

"是不是人类看到这种景致，"我悄声问茅，"就会想到自杀呢？"

"是吧，可是不叫自杀——我也说不出来。有一年，我站在长城上，四野苍茫，心头就不知怎的乱撞起来，那时只有一个想法，就是跳下去。"

我无语痴立，一种无形的悲凉在胸间上下摇晃。漫野芒草凄然地白着，水声低昂而怆绝。而山溪却依然急窜着。啊，逝者如斯，如斯逝者，为什么它不能稍一回顾呢？

扶车再行，两侧全是壁立的山峰，那样秀拔的气象似乎只能在前人的山水画中一见。远远地有人在山上敲着石块，那单调无变化的金石声传来，令我怵然以惊。有人告诉我，他们是要开一段梯田。我望着那些人，他们究竟知不知道外面的世界呢？当我们快被紧张和忙碌扼死的时候，当宽坦的街市上树立着被速度造成的伤亡牌，为什么他们独有那样悠闲的岁月，用最原始的凿子，在无人的山间，敲打出迟缓的时钟？他们似乎也望了望这边，那么，究竟是他们羡慕我们，还是我们羡慕他们呢？

峰回路转，坡度更陡了，推车而上，十分吃力，行到水源地，把车子寄放在一家人门前，继续前行。阳光更浓了，山景益发清晰，一切气味也都被蒸发出来。稻香扑人，真有点醺然欲醉的味道。这时候，只恨自己未能着一身宽袍，好兜两袖素馨回去。路旁更有许多叫得出来和叫不出来的野花，也都晒干了一身的露水，抬起头来了。在别人看得见和看不见的山径上挥散着它们的美。

渐渐地，我们更接近终点。我向几个在禾场上游戏的孩子问路，立刻有一个浓眉大眼的男孩挺身而出。我想问他瀑布在什么地方，却又不知道台湾话要怎么表达。那孩子用狡黠的眼光望了望我。"水墙，是吗？我带你去。"啊，德，好美的名词，水墙。我把这名词翻译出来，大家都赞叹了一遍。那孩子在前面走着，我们很困难地跟着他跑，又跟着他步过小河。他停下来，望望我们，一面指着路边的野花蓓蕾对我们说："还没开，要是开了，你真不知有多漂亮。"我点头承认——我相信，山中一切的美都超过想象。德，你信吗？我又和那孩子谈了几句话，知道他已是小学五年级了。"你毕业后要升初中吗？"他回过头来，把正在嚼着的草根往路旁一扔，大眼中流露出一种不屑的神情："不！"德，你真不知道，当时我有多羞愧。只自觉以往所看的一切书本、一切笔记、一切讲义，都在他的那声"不"中给否认了。德，我们读书干什么呢？究竟干什么呢？我们多少时候连生活是什么都忘了呢！

我们终于到了"水墙"了。德，那一刹那真是想哭，那种兴奋，是我没有经历过的。人真该到田园中去，因为我们的老祖宗原是从那里被放逐的！啊，德，如果你看到那样宽、那样长、那样壮观的瀑布，你真是什么也不想了，我那天就是那样站着，只觉得要大声唱几句，震撼一下那已经震撼了我的山谷。我想起一首我们都极喜欢的黑人歌："我的财产放置在一个地方，一个地方，远远地在青天之上。"德，真的，直到那天我才忽然醒悟到，我有那样多的美好的产业。像清风明月、像山松野草。我要把它们寄放在溪谷内，我要把它们珍藏在云层上，我要把它们怀抱在深心中。

德，即使当时你胸中折叠着一千丈的愁烦，及至你站在瀑布面前，也会一泻而尽了。甚至你会觉得惊奇，何以你常常会被一句话骚扰。何以常常因一个眼色而气愤。德，这一切都是多余的，都是不必要的。你会感到压在你肩上的重担卸下去了，蒙在你眼睛上的鳞片也脱落了。那时候，如果还有什么欲望的话，只是想把水面的落叶聚拢来，编成一个小筏子，让自己躺在上面，浮槎放海而去。

那时候，德，你真不知我们变得有多疯狂。我和达赤着足在石块与石块之间跳跃着。偶尔苔滑，跌在水里，把裙边全弄湿了，那真叫淋漓尽兴呢！山风把我们的头发梳成一种脱俗的型式，我们不禁相望大笑。哎，德，那种快乐真是说不出来——如果说得出来也没有人肯信。

瀑布很急，其色如霜。人立在丈外，仍能感觉到细细的水珠不断溅来。我们捡了些树枝，燃起一堆火，就在上头烤起肉来。又接了一锅飞泉来烹茶。在那阴湿的山谷中，我们享受着原始人的乐趣。火光照着我们因兴奋而发红的脸，照着焦黄喷香的烤肉，照着吱吱作响的清茗。德，那时候，你会觉得连你的心也是热的、亮的、跳跃的。

我们沿着原路回来，山中那样容易黑，我们只得摸索而行了，冷冷的急流在我们足下响着，真有几分惊险呢！我忽然想起"世道艰难，有甚于此者"。自己也不晓得这句话是从书本上看来的，还是平日的感触。唉，德，为什么我们不生做樵夫渔父呢？为什么我们都只能做暂游的武陵人呢？

寻到大路，已是繁星满天了，稀疏的灯光几乎和远星不辨。行囊很轻，吃的已经吃下去了，而带去看的书报也在匆忙中拿去做了火引子。事后想想，也觉好笑，这岂是斯文人做的事？但是，德，这恐怕也是一定的，人总要疯狂一下，荒唐一下，矫时干俗一下，是不是呢？路上，达一直哼着"苏三起解"，茅喊他的秦腔，而我，依然唱着那首黑人名歌："我的财产放置在一个地方，一个地方，远远地在青天之上……"

找到寄车处，主人留我们喝一杯茶。

"住在这里怎样买菜呢？"我问他们。

"不用买，我们自己种了一畦。"

"肉呢？"

"这附近有几家人，每天由出租车带上一大块也就够了。"

"不常下山玩吧？"

"很少，住在这里，亲戚都疏远了。"

不管怎样，德，我羡慕着那样一种生活，我们人是泥做的，不是吗？我们的脚总不能永远踏在柏油路上、水泥道上和磨石子地上——我们得踏在真真实实的土壤上。

山岚照人，风声如涛。我们只得告辞了。顺路而下，不费一点脚力，车子便滑行起来。所谓列子御风，大概也只是这样一种意境吧！

那天，我真是极困乏而又极有精神，极混沌而又极能深思。你能想象我那夜的晚祷吗？德，从大自然中归来，要坚持无神论是难的。我说："父啊，让我知道，你充满万有。让我知道，你在山中，你在水中，你在风中，你在云中。容许我的心在每一个角落向你下拜。当我年轻的时候，教我探索你的美。当我年老的时候，教我咀嚼你的美。终我一生，教我常常举目望山，好让我在困厄之中，时时支取到从你而来的力量。"

德，你愿意附和我吗？今天又是个晴天呢！风声在云外呼唤着，远山也在送青了。德，拨开你一桌的数据卡，拭净你尘封的眼镜片，让我们到山中去。

这些石头不要钱

　　朋友住在郊区，我许久没去他家了。有一天，天气极好，我在山径上开车，竟与他的车不期而遇。他正拿着相机打算去拍满山的"五节芒"，可惜没碰上如意的景，倒是把我这个成天"无事忙"的朋友给带回家去吃中饭了。

　　几年没来，没料到他家"焕然一旧"。空荡荡的大院子里如今有好多棵移来的百年老茄冬，树下又横卧着水牛似的石头，可供饱饭之人大睡一觉的那种大石头。

　　我嫉妒得眼珠都要发红了，想想自己每天被油烟呛得要死，他们却在此与百年老树共呼吸，与万载巨石同坐席。

　　"这些石头，这些树，要花多少钱？"

　　"这些吗？怎么说呢？"朋友的妻笑起来，"这些等于不要钱。石头是人家挖土挖出来的，放在一边，我们花了几包烟几瓶酒就换来了。树呢，也是，都是人家不要的。我们今天不收，它明天就要被人家拿去当

柴烧。我们看了不忍心，只好买下来救它一命。"

看来他们夫妇在办"老树收容所"了。

"怎么搬来的？"

"哈，那就不得了啦！搬树搬石头可花了大钱，大概要二十万呢！"

真不公平，石头不要钱，搬石头的却大把收钱。

我忽然明白了，凡是上帝造的，都不要钱，白云不以斗量求售，浪花不用计码应市。但只要碰到人力，你就得给钱。水本身不要钱，但从水龙头出来的水却需要按度收费。玉兰花不要钱，把花采好提在花篮里卖就要钱了。

如果上帝也要收费呢？如果它要收设计费和开模费呢？果真如此，只要一天活下来，我们任何一个人都要变得赤贫，还不到黄昏，我们已经买不起下一口空气了。

我躺在这不属于我的院子里，在一块不经由我买来的石头上，于一个不由我设计的浮生半日，享受这不需付费的秋日阳光。

母亲的羽衣。

是她自己锁住那身昔日的羽衣的。她不能飞了，因为她已不忍飞去。

母亲的羽衣

讲完了牛郎织女的故事，细看儿子已经垂睫睡去，女儿却犹自瞪着坏坏的眼睛。

忽然，她一把抱紧我的脖子把我坠得发疼。

"妈妈，你说，你是不是仙女变的？"

我一时愣住，只胡乱应道：

"你说呢？"

"你说，你说，你一定要说。"她固执地扳住我不放，"你到底是不是仙女变的？"

我是不是仙女变的？哪一个母亲不是仙女变的？

像故事中的小织女，每一个女孩都曾住在星河之畔，她们织虹纺霓，藏云捉月，她们几曾烦心挂虑？她们是天神最偏怜的小女儿，她们终日临水自照，惊讶于自己美丽的羽衣和美丽的肌肤，她们久久凝注着自己的青春，被那份光华弄得痴然如醉。

而有一天，她的羽衣不见了，她换上了人间的粗布——她已经决定做一个母亲。有人说她的羽衣被锁在箱子里，她再也不能飞翔了。人们还说，是她丈夫锁上的，钥匙藏在极秘密的地方。

　　可是，所有的母亲都明白那仙女根本就知道箱子在哪里，她也知道藏钥匙的所在，在某个无人的时候，她甚至会惆怅地开启箱子，用忧伤的目光抚摸那些柔软的羽毛，她知道，只要羽衣一着身，她就会重新回到云端，可是她把柔软白亮的羽毛拍了又拍，仍然无声无息地关上箱子，藏好钥匙。

　　是她自己锁住那身昔日的羽衣的。

　　她不能飞了，因为她已不忍飞去。

　　而狡黠的小女儿总是偷窥到那藏在母亲眼中的秘密。

　　许多年前，那时我自己还是小女孩，我总是惊奇地窥伺着母亲。

　　她在口琴背上刻了小小的两个字——"静鸥"，那里面有什么故事吗？那不是母亲的名字，却是母亲名字的谐音，她也曾梦想过自己是一只静栖的海鸥吗？她不怎么会吹口琴，我甚至想不起她吹过什么好听的歌，但那名字对我而言是母亲神秘的羽衣，她轻轻写那两个字的时候，她可以立刻变了一个人，她在那名字里是另外一个我所不认识的有翅的什么。

　　母亲晒箱子的时候是她另外一种异常的时刻，母亲似乎有好些东西，完全不是拿来用的，只为放在箱底，按时年年在三伏天取出来暴晒。

　　记忆中母亲晒箱子的时候就是我兴奋欲狂的时候。

　　母亲晒些什么？我已不记得，记得的是樟木箱子又深又沉，像一个混沌黝黑初生的宇宙，另外还记得的是阳光下竹竿上富丽夺人的颜色，以及怪异却又严肃的樟脑味，以及我在母亲喝禁声中东摸摸西探探的快乐。

我唯一真正记得的一件东西是幅漂亮的湘绣被面，雪白的缎子上，绣着兔子和翠绿的小白菜，和红艳欲滴的小杨花萝卜，全幅上还绣了许多别的令人惊讶赞叹的东西，母亲一面整理，一面会忽然回过头来说："别碰，别碰，等你结婚就送给你。"

我小的时候好想结婚，当然也有点害怕，不知为什么，仿佛所有的好东西都是等结了婚就自然是我的了，我觉得一下子有那么多好东西也是怪可怕的事。

那幅湘绣后来好像不知怎么就消失了，我也没有细问。对我而言，那么美丽得不近真实的东西，一旦消失，是一件合理得不能再合理的事。譬如初春的桃花，深秋的枫红，在我看来都是美丽得违了规的东西，是茫茫大化一时的错误，才胡乱把那么多的美堆到一种东西上去，桃花理该一夜消失的，不然岂不教世人都疯了？

湘绣的消失对我而言简直就是复归大化了。

但不能忘记的是母亲打开箱子时那份欣悦自足的表情，她慢慢地看着那幅湘绣，那时我觉得她忽然不属于周遭的世界，那时候她会忘记晚饭，忘记我扎辫子的红绒绳。她的姿势细想起来，实在是仙女依恋地轻抚着羽衣的姿势，那里有一个前世的记忆，她又快乐又悲哀地将之一一拾起，但是她也知道，她再也不会去拾起往昔了——唯其不会重拾，所以回顾的一刹那更特别的深情凝重。

除了晒箱子，母亲最爱回顾的是早逝的外公对她的宠爱，有时她胃痛，卧在床上，要我把头枕在她的胃上，她慢慢地说起外公。外公似乎

很舍得花钱（当然也因为有钱），总是带她上街去吃点心，她总是告诉我当年的肴肉和汤包怎么好吃，甚至煎得两面黄的炒面和女生宿舍里早晨订的冰糖豆浆（母亲总是强调"冰糖"豆浆，因为那是比"砂糖"豆浆更为高贵的）都是超乎我想象力之外的美味，我每听她说那些事的时候，都惊讶万分——我无论如何不能把那些事和母亲联想在一起，我从有记忆起，母亲就是一个吃剩菜的角色，红烧肉和新炒的蔬菜简直就是理所当然地放在父亲面前的，她自己的面前永远是一盘杂拼的剩菜和一碗"擦锅饭"（擦锅饭就是把剩饭在炒完菜的剩锅中一炒，把锅中的菜汁都擦干净了的那种饭），我简直想不出她不吃剩菜的时候是什么样子。

而母亲口里的外公、上海、南京、汤包、肴肉全是仙境里的东西，母亲每讲起那些事，总有无限的温柔，她既不感伤，也不怨叹，只是那样平静地说着。她并不要把那个世界拉回来，我一直都知道这一点，我很安心，我知道下一顿饭她仍然会坐在老地方吃那盘我们大家都不爱吃的剩菜。而到夜晚，她会照例一个门一个窗地去检点去上闩。她一直都负责把自己牢锁在这个家里。

哪一个母亲不曾是穿着羽衣的仙女呢？只是她藏好了那件衣服，然后用最黯淡的一件粗布把自己掩藏了，我们有时以为她一直就是那样的。

而此刻，那刚听完故事的小女儿鬼鬼地在窥伺着什么？

她那么小，她由何得知？她是看多了卡通、听多了故事吧？她也发现了什么吗？

是在我的集邮本偶然被儿子翻出来的那一刹那吗？是在我拣出石涛画册或汉碑并一页页细味的那一刻吗？是在我猛然回首听他们弹一阕熟悉的钢琴练习曲的时候吗？抑或是在我带他们走过年年的春光，不自主地驻足在杜鹃花旁或流苏树下的一瞬间吗？

或是在我动容地托住父亲的勋章或童年珍藏的北平画片的时候，或是在我翻拣夹在大字典里的干叶之际，或是在我轻声教他们背一首唐诗的时候……

是有什么语言自我眼中流出呢？是有什么音乐自我腕底泻过吗？为什么那小女孩问道：

"妈妈，你是不是仙女变的呀？"

我不是一个和千万母亲一样安分的母亲吗？我不是把属于女孩的羽衣收拾得极为秘密吗？我在什么时候泄露了自己呢？

在我的书桌底下放着一个被人弃置的木质砧板，我一直想把它挂起来当一幅画，那真该是一幅庄严的，那样承受过万万千千生活的刀痕和凿印的画，但不知为什么，我一直也没有把它挂出来……

天下的母亲不都是那样平凡不起眼的一块砧板吗？不都是那样柔顺地接纳了无数尖锐的割伤却默无一语的砧板吗？

　　而那小女孩，是凭什么神秘的直觉，竟然会问我：

　　"妈妈？你到底是不是仙女变的？"

　　我掰开她的小手，救出我被吊得酸麻的脖子，我想对她说：

　　"是的，妈妈曾经是一个仙女，在她做小女孩的时候，但现在，她不是了，你才是，你才是一个小小的仙女！"

　　但我凝注着她晶亮的眼睛，只简单地说了一句：

　　"不是，妈妈不是仙女，你快睡觉。"

　　"真的？"

　　"真的！"

　　她听话地闭上了眼睛，旋又不放心地睁开。

　　"如果你是仙女，也要教我仙法哦！"

　　我笑而不答，替她把被子掖好，她兴奋地转动着眼珠，不知在想什么。

　　然后，她睡着了。

　　故事中的仙女既然找回了羽衣，大约也回到云间去睡了。

　　风睡了，鸟睡了，连夜也睡了。

　　我守在两张小床之间，久久凝视着他们的睡容。

她曾教过我

——为纪念中国戏剧导师李曼瑰教授而作

秋深了。

后山的蛩吟在雨中渲染开来，台北在一片灯雾里，她已经不在这个城市里了。

记忆似乎也是从雨夜开始的，那时她办了一个编剧班，我去听课。那时候是冬天，冰冷的雨整天落着，同学们渐渐都不来了，喧哗着雨声和车声的罗斯福路经常显得异样的凄凉，我忽然发现我不能逃课了，我不能把她一个人丢给空空的教室。我必须按时去上课。

我常记得她提着百宝杂陈的皮包，吃力地爬上三楼，坐下来常是一阵咳嗽，冷天对她的气管非常不好，她咳嗽得很吃力，常常憋得透不过气，可是在下一阵咳嗽出现之前，她还是争取时间多讲几句书。

不知道为什么，想起她的时候总是想起她提着皮包，佝着背踽踽行来的样子——仿佛已走了几千年，从老式的师道里走出来，从湮远的古剧场里走出来，又仿佛已走几万里地，并且涉过最荒凉的大漠，去教一个最懵懂的学生。

也许是巧合，有一次我问文化学院戏剧系的学生对她有什么印象，他们也说常记得站在楼上教室里，看她缓缓地提着皮包走上山径的样子。她生平不喜欢照相，但她在我们心中的形象是鲜活的。

那一年她为了纪念父母，设了一个"李圣质先生夫人剧本奖"，她把首奖颁给了我的第一个剧本《画》，她又勉励我们务必演出。在认识她以前，我从来不相信自己会投入舞台剧的工作——我不相信我会那么傻，可是，毕竟我也傻了，一个人只有在被另一个傻瓜的精神震撼之后，才有可能成为新起的傻瓜。

常有人问我为什么写舞台剧，我也许有很多理由，但最初的理由是"我遇见了一个老师"。我不是一个有计划的人，我唯一做事的理由是："如果我喜欢那个人，我就跟他一起做"。在教书之余，在家务和孩子之余，在许多繁杂的事务之余，每年要完成一部戏是一件压得死人的工作，可是我仍然做了，我不能让她失望。

在《画》之后，我们推出了《无比的爱》、《第五墙》、《武陵人》、《自烹》（仅在香港演出）、《和氏璧》和今年即将上演的《第三害》，合作的人如导演黄以功、舞台设计聂光炎，也都是她的学生。

我还记得，去年八月，我写完《和氏璧》，半夜里叫了一部车到新店去叩她的门，当时我来不及誊录，就把原稿呈给她看。第二天一清早她的电话就来了，她鼓励我，称赞我，又嘱咐我好好筹演，听到她的电话，我感动不已，她一定是漏夜不眠赶着看的。现在回想起来不免内疚，是她太温厚的爱把我宠坏了吧，为什么我兴冲冲地半夜去叩门的时候就不会想想她的年龄和她的身体呢？她那时候已经在病着吧？还是她活得太乐观太积极，使我们都忘了她的年龄和身体呢？

我曾应《幼狮文艺》之邀为她写一篇生平介绍和年表，有很长一段时间，我仔细观察她的生活，她吃得很少（家里倒是常有点心），穿得也马虎，住宅和家具也只取简单实用，连出租车都不大坐。我记得我把写好的稿子给她看过，她只说："写得太好了——我哪里有这么好？"接着她又说，"看了你的文章别人会误会我很孤单，其实我最爱热闹的，亲戚朋友大家都来了我才喜欢呢！"

那是真的，她的独身生活过得平静、热闹而又温暖，她喜欢一切愉悦的东西，她像孩子。很少看见独身的女人那样爱小孩的，当然小孩也爱她，她只陪小孩玩，送他们巧克力，她跟小孩在一起的时候只是小孩，不是学者，不是教授，不是民意代表。

有一夜，我在病房外碰见她所教过的两个女学生，说是女学生，其实已是孩子读大学的华发妈妈了，那还是她在大学毕业和进入研究所之间的一年，在广东培道中学所教的学生，算来距今已接近半世纪了（李老师早年尝试用英文写过一个剧本《半世纪》，内容系写一传教士终生奉献的故事，其实现在看看，她自己也是一个奉献了半世纪的传教士）。我们一起坐在廊上聊天的时候，那太太掏出她儿子从台中写来的信，信上记挂着李老师，那大男孩说："除了爸妈，我最想念的就是她了。"——她就是这样一个被别人怀念，被别人爱的人。

作为她的学生，有时不免想知道她的爱情，对于一个爱美、爱生命的人而言，很难想象她从来没有恋爱过，当然，谁也不好意思直截地问她，我因写年表之便稍微探索了一下，我问她："你平生有没有什么人影响你最多的？"

与语以兰
秀芳老中命
八十七岁白石
亥

"有，我的父亲，他那样为真理不退不让的态度给了我极大的影响，我的笔名雨初（李老先生的名字是李兆霖，字雨初，圣质则是家谱上的排名）就是为了纪念他。""除了长辈，我也指平辈，平辈之中有没有朋友是你所佩服而给了你终生影响的？"她思索了一下说："真的，我有一个男同学，功课很好，不认识他以前我只喜欢玩，不大看得起用功的人，写作也只觉得单凭才气就可以，可是他劝导我，使我明白好好用功的重要，光凭才气是不行的——我至今还在用功，可以说是受他的影响。"

作为一个女孩子，我很难相信一个女孩既折服于一个男孩而不爱他的，但我不知道那个书念得极好的男孩现今在哪里，他们有没有相爱过，我甚至不敢问他叫什么名字。他们之间也许什么都没开始，什么都没有发生——当然，我倒是宁可相信有一段美丽的故事被岁月遗落了。

据她在培道教过的两个女学生说："倒也不是特别抱什么独身主义，只是没有碰到一个跟她一样好的人。"我觉得那说法是可信的，要找一个跟她一样有学养、有气度、有原则、有热度的人，置之今世，是太困难了。多半的人总是有学问的人不肯办事，肯办事的没有学问，李老师的孤单何止在婚姻一端，她在提倡"剧运"的事上也是孤单的啊！

有一次，一位在香港导演舞台剧的江伟先生到台湾来拜见她，我带他去看她，她很高兴，送了他一套签名著作。江先生第二次来台的时候，她还请他吃了一顿饭。也许因为自己是台山人，跟华侨社会比较熟，所以只要听说海外演戏，她就非常快乐、非常兴奋。她有一个超凡的本领，就是在最无可图为的时候，仍然兴致勃勃的，仍然相信明天。

我还记得那一次吃饭，她问我要上哪一家，我因为知道她一向俭省（她因为俭省惯了，倒从来不觉得自己是在俭省了，所以你从来不会觉得她是一个在吃苦的人），所以建议她去云南人和园吃"过桥面"，她难得胃口极好，一再鼓励我们再叫些东西，她说了一句很慈爱的话："放心叫吧，你们再吃，也不会把我吃穷，不吃，也不会让我富起来。"而今，时方一年，话犹在耳，老师却永远不再吃一口人间的烟火了，宴席一散，就一直散了。

今秋我从国外回来，赶完了剧本，想去看她，曾问黄以功她能吃些什么，"她什么也不吃了，这三个月，我就送过一次木瓜，反正送她什么也不能吃了……"

我想起她最后的一个戏《瑶池仙梦》，汉武帝曾那样描写死亡：

"你到如今还可以活在世上，行着、动着、走着、谈着、说着、笑着；能吃、能喝、能睡、能醒、又歌、又唱，享受五味，鉴赏五色，聆听五音，而她，却蛰伏在那冰冷黑暗的泥土里，她那花容月貌，那慧心灵性……都……都……"

心中黯然久之。

李老师和我都相信永生，她在极端的痛苦中，我们会手握着手一起祷告，按理说是应该不在乎"死"的——可是我仍然悲痛，我深信一个相信永生的人从基本上来说是爱生命的，爱生命的人就不免为死别而凄怆。

如果我们能爱什么人，如果我们要对谁说一句感恩的话，如果我们要送礼物给谁，就趁早吧！因为谁也不知道明天还能不能表达了。

其实，我在八月初回台湾的时候，如果立刻去看她，她还是精神健旺的，但我却拼着命去赶一个新剧本《第三害》，赶完以后又漏夜誊抄，可是我还是跑输了，等我在回台湾二十天后把抄好的剧本带到病房去的时候，她已进入病危期了，她的两眼睁不开，她的声音必须伏在她胸前才能听到，她再也不能张开眼睛看我的剧本了。子期一死，七弦去弹给谁听呢？但是我不会摔破我的琴，我的老师虽走了，众生中总有一位足以为我之师为我之友的，我虽不知那人在何处，但何妨抱着琴站在通衢大道上等待呢，舞台剧的艺术总有一天会被人接受的。

年初，大家筹演老师的《瑶池仙梦》的时候，心中已有几分忧愁，聂光炎曾说："好好干吧，老人家就七十岁了，以后的精力如何就难说了，我们也许是最后一次替她效力了。"不料一语成谶，她果真在"瑶池仙梦"三个月以后开刀，在七个月后不治。《瑶池仙梦》后来得到最佳演出的金鼎奖，其导演黄以功则得到最佳导演奖，我不知对一位终生不渝其志的戏剧家来说这种荣誉能给她增加什么，但多少也表现社会对她的一点尊重。

有一次，她开玩笑地对我说：

"我们广东有句话：'你要受气，就演戏。'"

我不知她一生为了戏剧受了多少气，但我知道，即使在晚年，即使受了一辈子气，她仍是和乐的，安详的。甚至开刀以后，眼看是不治了，她却在计划什么时候出院，什么时候离台去为她的两个学生黄以功和牛川海安排可读的学校，寻找一笔深造的奖学金，她的遗志没有达成便撒手去了，以功和川海以后或者有机会深造，或者因恩师的谢世而不再有肯栽培他们的人，但无论如何，他们已自她得到最美的遗产，就是她的诚恳和关注。

她在病床上躺了四个月，几上总有一本《圣经》，床前总有一个忠心不渝的管家阿美，她本名叫李美丹，也有六十了，是李老师邻村的族人，从抗战后一直跟从李老师至今，她是一个瘦小的，大眼睛的，面容光洁的，整日身着玄色唐装而面带笑容的老式妇女，老师病重的时候曾因她照料辛苦而要加她的钱，她黯然地说："谈什么钱呢？我已经服侍她一辈子了，我要钱做什么用呢？她已经到最后几天了，就是不给钱，我也会伺候的。"我对她有一种真诚的敬意。

亚历山大大帝曾自谓："我两手空空而来，两手空空而去。"但她却可以把这句话改为："我两手空空而来，但却带着两握盈盈的爱和希望回去，我在人间会播下一些不朽是给了别人而依然存在的。"

最后我愿将我的新剧《第三害》和它的演出，作为一束素菊，献于我所爱的老师灵前，有人赞美过我，有人诋毁过我，唯有她，曾用智慧和爱心教导了我。她会在前台和后台看我们的演出，而今，我深信她仍殷殷地从穹苍俯身看我们这一代的舞台。

我交给你们一个孩子

小男孩走出大门，返身朝四楼阳台上的我招手说：

"再见！"

那是好多年前的事了，那个早晨是他开始上小学的第二天。

我其实可以像昨天一样，再陪他一次，但我却狠下心来，看他单独去了。他有属于他的一生，是我不能相陪的，母子一场，也只能看作一把借来的琴，能弹多久，便弹多久，但借来的岁月毕竟是有其归还期限的。

他欣然地走出长巷，很听话地既不跑也不跳，一副循规蹈矩的样子。我一个人怔怔地望着朝阳落泪。

想大声告诉全城市，今天早晨，我交给你们一个小男孩，他还不知恐惧为何物，我却是知道的，我开始恐惧自己有没有交错。

我把他交给马路，我要他遵规矩沿着人行横道而行。但是，匆匆的路人啊，你们能够小心一点吗？不要撞到我的孩子，我把我的至爱交给了纵横的马路，容许他平平安安地回来！

我不曾迁移户口，我们不要越区就读，我们让孩子读本区内的公立小学而不是某些私立明星小学，我努力去信任教育当局，而且，是以自己的儿女为赌注来信任的——但是，学校啊，当我把孩子交给你，你保证给他怎样的教育？今天早晨，我交给你一个欢欣诚实又颖悟的小男孩，多年以后，你将还我一个怎样的青年？

他开始识字，开始读书，当然他也要读报纸、听音乐或者看电影、电视，古往今来的撰述者啊！各种方式的知识传递者啊！我的孩子会因你们得到什么呢？你们将饮之以琼浆，灌之以醍醐，还是哺之以糟粕？他会因而变得正直忠信，还是学会奸猾诡诈？当我把我的孩子交出来，当他向这世界求知若渴，世界啊，你给他的会是什么呢？

世界啊，今天早晨，我，一个母亲，向你交出她可爱的小男孩，而你们将还我一个怎样的呢！

巷子里的老妈妈

巷子里有个妇人，一手推着一篮菜，一手提着个大袋子，正在东张西望。看到我，她讷讷地开了口：

"请问，你，是住在这条巷子里的人吗？"

"是的。"

"我是刚搬来的，我听人说这巷子里有个箱子可以丢旧衣服，你知道在哪里吗？"

"哦，本来是有一个，但最近不知什么时候给拆走了，听说是违章……"

"哎呀，"她叹了口长气，"真是糟糕，我的小孙子长得快，这一大包都是他们穿不下的衣服，可是叫我当垃圾丢，我是丢不下手的呀！我们这种年纪的人是丢不来衣服的，都还是新新的嘛！可是要搬回去，我家又住四楼，我又买了一篮子菜……"

"这样吧，你把衣服放在我车上，我这两天要去内湖，内湖有个收衣站，我来替你丢。"

"啊！这就好了，"她的表情如获大赦，"太好了，没想到遇见贵人了。我的问题可以解决了。"

在她口中我变成了"贵人"，不过顺便帮她丢丢旧衣服，居然也可以做人家的"贵人"。但是转而一想，她说得也许很对，世上高官厚禄的贵显之人虽然很多，但刚好肯替她去丢衣服的人也许真的只有我一个。

那妇人大约是六十出头的年纪，穿件朴素的灰色衣裳。面容白皙洁净，语音柔和迟缓。看得出来家道不错，平生也不像吃过大苦，但她却显然属于深懂"惜物"之情的一代。

我想起我家的情况来了：

女儿每次和同学郊游回来，总带着烤肉用剩的酱油、色拉油、面包……啰啰唆唆一大堆。

我问她为什么要拿这些东西，她嗔道：

"都是你害的啦！从小叫我们不要丢东西，而我们同学都说丢掉。我如果不拿，他们就真的去丢掉。我不得已，只好拿回来。不然，难道眼睁睁看他们丢？"

我想，我实在是害她活得比别人辛苦些，但我们反正已属于"不丢族"，就认命吧！偶然碰到其他的"不丢族"，我总尽力表达敬意。像今天能碰到这位老妇人，或者说今天能被这老妇人碰到，真是很幸运的事，值得好好为她提供额外服务。

我甚至想，台湾之所以还没有坏到极致，全是像老妇人这种人物在撑着，她们不开车，不喝可乐或铝箔包装的果汁，她们绝不会把衣服只穿一季就丢掉，搞不好她们身上的那一件已经穿了十年，而她却从来不觉得有汰旧的必要。

是她，坚持不倒剩菜。是她，把旧汗衫改成抹布。是她，把茶叶渣变成肥料。是她，把长孙的衣服改一改又给了次孙。

这些老妈妈真的是社会之宝，虽然从来没有人给她们颁过一个奖。但我们真的不能少掉她们，她们是我们福泽的种子，我们大部分的官员如果撤换也不算什么，但这批老妈妈是不能撤换的，她们是乱象中的安定，是浮华中的朴实，是飞驰中的回顾，是夸饰中的真诚，我向老妈妈致敬。

遇见

一个久晦后的五月清晨，四岁的小女儿忽然尖叫起来。

"妈妈！妈妈！快点来呀！"

我从床上跳起，直奔她的卧室，她已坐起身来，一语不发地望着我，脸上浮起一层神秘诡异的笑容。

"什么事？"

她不说话。

"到底是什么事？"

她用一只肥匀的有着小肉窝的小手，指着窗外，而窗外什么也没有，除了另一座公寓的灰壁。

"到底什么事？"

她仍然秘而不宣地微笑，然后悄悄地透露一个字。

"天！"

我顺着她的手望过去，果真看到那片蓝过千古而仍然年轻的蓝天，一尘不染令人惊呼的蓝天，一个小女孩在生字本上早已认识却在此刻仍然不觉吓了一跳的蓝天，我也一时愣住了。

于是，我安静地坐在她的旁边，两个人一起看那神迹似的晴空，平常是一个聒噪的小女孩，那天竟也像被震慑住了似的，流露出虔诚的沉默。透过惊讶和几乎不能置信的喜悦，她遇见了天空。她的眸光自小窗口出发，响亮的蓝天从那一端出发，在那个美丽的五月清晨，它们彼此相遇了。那一刻真是神圣，我握着她的小手，感觉到她不再只是从笔画结构上认识"天"，她正在惊讶赞叹中体认了那份宽阔、那份坦荡、那份深邃——她面对面地遇见了蓝天，她长大了。

那是一个夏天的长得不能再长的下午，在印第安纳州的一个湖边，我起先是不经意地坐着看书，忽然发现湖边有几棵树正在飘散一些白色的纤维，大团大团的，像棉花似的，有些飘到草地上，有些飘入湖水里，我仍然没有十分注意，只当偶然风起所带来的。

可是，渐渐的，我发现情况简直令人暗惊，好几个小时过去了，那些树仍旧浑然不觉地在飘送那些小型的云朵，倒好像是一座无限的云库似的。整个下午，整个晚上，漫天漫地都是那种东西，第二天情形完全一样，我感到诧异和震撼。

其实，小学的时候就知道有一类种子是靠风力靠纤维播送的，但也只是知道一条测验题的答案而已。那几天真的看到了，满心所感到的是一种折服，一种无以名之的敬畏，我几乎是第一次遇见生命——虽然是植物的。

我感到那云状的种子在我心底强烈地碰撞上什么东西，我不能不被

杏子塢老民白石

生命豪华的、奢侈的、不计成本的投资所感动。也许在不分昼夜地飘散之余，只有一颗种子足以成树，但造物者乐于做这样惊心动魄的壮举。

我至今仍然常在沉思之际想起那一片柔媚的湖水，不知湖畔那群种子中有哪一颗种子成了小树，至少我知道有一颗已经长成，那颗种子曾遇见了一片土地，在一个过客的心之峡谷里，蔚然成荫，教会她，怎样敬畏生命。

行道树。

我们就在雨里哭泣着，我们一直深爱着那里的生活——虽然我们放弃了它。

雨荷

　　有一次，雨中走过荷池，一塘的绿云绵延，独有一朵半开的红莲挺然其间。我一时为之惊愕驻足，那样似开不开，欲语不语，将红未红，待香未香的一株红莲！

　　漫天的雨纷然而又漠然，广不可及的灰色中竟有这样一株红莲！像一堆即将燃起的火，像一罐立刻要倾泼的颜色！我立在池畔，虽不欲捞月，也几成失足。生命不也如一场雨吗？你曾无知地在其间雀跃，你曾痴迷地在其间沉吟——但更多的时候，你得忍受那些寒冷和潮湿，那些无奈与寂寥，并且以晴日的幻想来度日。

　　可是，看那株莲花，在雨中怎样地唯我而又忘我，当没有阳光的时候，它自己便是阳光；当没有欢乐的时候，它自己便是欢乐！一株莲花里有那么完美自足的世界！

　　一池的绿，一池无声的歌，在乡间不惹眼的路边——岂只有哲学书中才有道理？岂只有研究院中才有答案？一笔简单的雨荷可绘出多少形

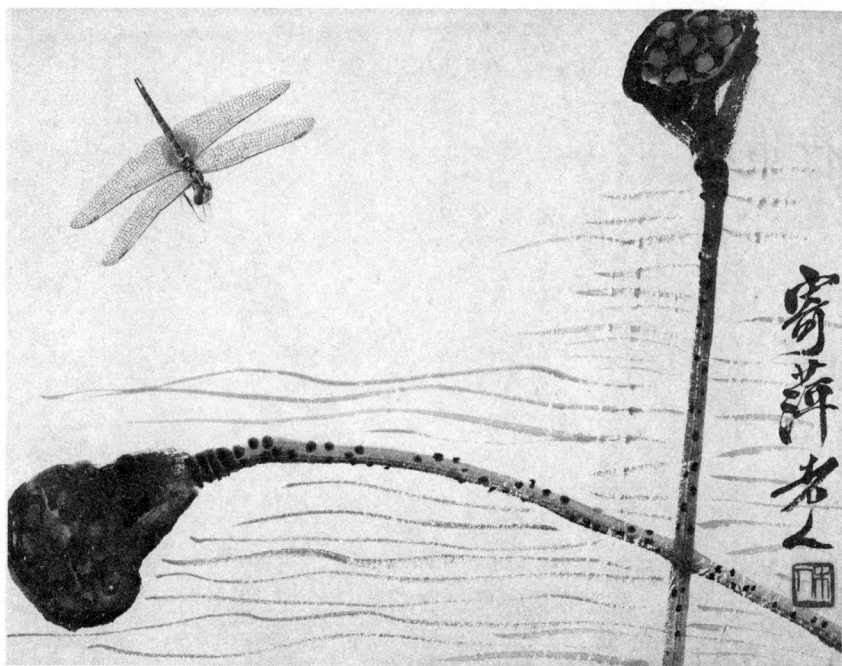

象之外的美善，一片亭亭青叶支撑了多少世纪的傲骨！

倘有荷在池，倘有荷在心，则长长的雨季何患？

行道树

　　每天，每天，我都看见它们，它们是已经生了根的——在一片不适于生根的土地上。

　　有一天，一个炎热而忧郁的下午，我沿着人行道走着，穿梭在人群中，听自己寂寞的足音，我又看到它们，忽然，我发现，在树的世界里，也有那样完整的语言。

　　我安静地站住，试着去了解它们所说的一则故事：

　　我们是一列树，立在城市的飞尘里。

　　许多朋友都说我们是不该站在这里的，其实这一点，我们知道得比谁都清楚。我们的家在山上，在不见天日的原始森林里。而我们居然站在这儿，站在这双线道的马路边，这无疑是一种堕落。我们的同伴都在吸露，都在玩凉凉的云。而我们呢？我们唯一的装饰，正如你所见的，是一身抖不落的煤烟。

是的，我们的命运被安排定了，在这个充满车辆与烟囱的工业城里，我们的存在只是一种悲凉的点缀。但你们尽可以节省下你们的同情心，因为，这种命运事实上也是我们自己选择的——否则我们不必在春天勤生绿叶，不必在夏日献出浓荫。神圣的事业总是痛苦的，但是，也唯有这种痛苦能把深度给予我们。

当夜来的时候，整个城市里都是繁弦急管，都是红灯绿酒。而我们在寂静里，我们在黑暗里，我们在不被了解的孤独里。但我们苦熬着把牙龈咬得酸疼，直等到朝霞的旗冉冉升起，我们就站成一列致敬——无论如何，我们这城市总得有一些人迎接太阳！如果别人都不迎接，我们就负责把光明迎来。

这时，或许有一个早起的孩子走过来，贪婪地呼吸着鲜洁的空气，这就是我们最自豪的时刻了。是的，或许所有的人都早已习惯于污浊了，但我们仍然固执地制造着不被珍视的清新。

落雨的时分也许是我们最快乐的，雨水为我们带来故人的消息，在想象中又将我们带回那无忧的故林。我们就在雨里哭泣着，我们一直深爱着那里的生活——虽然我们放弃了它。

立在城市的飞尘里，我们是一列忧愁而又快乐的树。

故事说完了，四下寂然，一则既没有情节也没有穿插的故事，可是，我听到了它们深深的叹息。我知道，那故事至少感动了它们自己。然后，我又听到另一声更深的叹息——我知道，那是我自己的。

雨天的书

一

  我不知道，天为什么无端落起雨来了。薄薄的水雾把山和树隔到更远的地方去，我的窗外遂只剩下一片辽阔的空茫了。

  想你那里必是很冷了吧？另芳。青色的屋顶上滚动着水珠子，滴沥的声音单调而沉闷，你会不会觉得很寂寥呢？

  你的信仍放在我的梳妆台上，折得方方正正的，依然是当日的手痕。我以前没见过你；以后也找不着你，我所能持有的，也不过就是这一片模模糊糊的痕迹罢了。另芳，而你呢？你没有我的只字片语，等到我提起笔，却又没有人能为我传递了。

  冬天里，南馨拿着你的信来。细细斜斜的笔迹，优雅温婉的话语。

我很高兴看你的信，我把它和另外一些信件并放着。它们总是给我鼓励和自信，让我知道，当我在灯下执笔的时候，实际并不孤独。

另芳，我没有即时回你的信，人大了，忙的事也就多了。后悔有什么用呢？早知道你是在病榻上写那封信，我就去和你谈谈，陪你出去散散步，一同看看黄昏时候的落霞。但我又怎么想象得到呢？十七岁，怎么能和死亡联想在一起呢？死亡，那样冰冷阴森的字眼，无论如何也不该和你发生关系的。这出戏结束得太早，迟到的观众只好望着合拢的黑绒幕黯然了。

雨仍在落着，频频叩打我的玻璃窗。雨水把世界布置得幽冥昏暗，我不由幻想你打着一把小伞，从芳草没胫的小路上走来，走过生，走过死，走过永恒。

那时候，放了寒假。另芳，我心里其实一直是惦着你的。只是找不着南馨，没有可以传信的人。等开了学，找着了南馨，一问及你，她就哭了。另芳，我从来没有这样恨自己。另芳，如今我向哪一条街寄信给你呢？有谁知道你的新地址呢？

南馨寄来你留给她的最后字条，捧着它使我泫然。另芳，我算什么呢？我和你一样，是被送来这世界观光的客人。我带着惊奇和喜悦看青山和绿水，看生命和知识。另芳，我有什么特别值得一顾的呢？只是我看这些东西的时候比别人多了一份冲动，便不由得把它记录下来了。我究竟有什么值得结识的呢？那些美得叫人痴狂的东西没有一样是我创造的，也没有一件是我经营的，而我那些仅有的记录，也是破碎支离，几乎完全走样的，另芳，聪慧如你，为什么念念要得到我的信呢？

"她死的时候没有遗憾，"南馨说，"除了想你的信。你能写一封信给她吗？我要烧给她——我是信耶稣的，我想耶稣一定会拿给她的。"

她是那样天真，我是要写给你的，我一直想着要写的，我把我的信交给她，但是，我想你已经不需要它了。你此刻在做什么呢？正在和鼓翼的小天使嬉戏吧？或是拿软软的白云捏人像吧？（你可曾塑过我？）再不然就一定是在茂美的林园里倾听金琴的轻拨了。

另芳，想象中，你是一个纤柔多愁的影子，皮肤是细致的浅黄，眉很浓，眼很深，嘴唇很薄（但不爱说话），是吗？常常穿着淡蓝色的衣裙，喜欢望着帘外的落雨而出神，是吗？另芳，或许我们真是不该见面的，好让我想象中的你更为真切。

另芳，雨仍下着，淡淡的哀愁在雨里飘零。遥想你墓地上的草早该绿透了，但今年春天你却没有看见。想象中有一朵白色的小花开在你的坟头，透明而苍白，在雨中幽幽地抽泣。

而在天上，在那灿烂的灵境上，是不是也正落着阳光的雨，落花的雨和音乐的雨呢？另芳，请俯下你的脸来，看我们，以及你生长过的地方。或许你会觉得好笑，便立刻把头转开了。你会惊讶地自语："那些年，我怎么那么痴呢？其实，那些事不是都显得很滑稽吗？"

另芳，你看，我写了这么多，是的，其实写这些信也很滑稽，在永恒里你已不需要这些了。但我还是要写，我许诺过要写的。

或者，明天早晨，小天使会在你的窗前放一朵白色的小花，上面滚动着无数银亮的小雨珠。

"这是什么？"

"这是我们在地上发现的，有一个人，写了一封信给你，我们不愿把那样拙劣的文字带进来，只好把它化成一朵小白花了——你去念吧，她写的都在里面了。"

那细碎质朴的小白花遂在你的手里轻颤着。另芳，那时候，你怎样想呢？它把什么都说了，而同时，它什么也没有说。那一片白，乱簌簌地摇着，模模糊糊地摇着你生前曾喜爱过的颜色。

那时候，我愿看到你的微笑，隐约而又浅淡，映在花丛的水珠里——那是我从来没有看见，并且也没有想象过的。

二

细致的湘帘外响起潺潺的声音，雨丝和帘子垂直地交织着，遂织出这样一个朦胧黯淡而又多愁绪的下午。

山径上两个顶着书包的孩子在跑着、跳着、互相追逐着。她们不像是雨中的行人，倒像是在过泼水节了。一会儿，她们消逝在树丛后面，我的面前重新现出湿湿的绿野，低低的天空。

手里握着笔，满纸画的都是人头，上次念心理系的王说，人所画的，多半是自己的写照。而我的人像都是沉思的，嘴角有一些悲悯的笑意。那么，难道这些都是我吗？难道这些身上穿着曳地长裙，右手握着檀香折扇，左手擎着小花阳伞的都是我吗？咦，我竟是那个样子吗？

一张信笺摊在坡璃板上，白而又薄。信债欠得太多了，究竟今天先还谁的呢？黄昏的雨落得这样忧愁，那千万只柔柔的纤指抚弄着一束看不见的弦索，轻挑慢捻，触着的总是一片凄凉悲怆。

那么，今日的信寄给谁呢？谁愿意看一带灰白的烟雨呢？但是，我的眼前又没有万里晴岚，这封信却怎么写呢？

这样吧，寄给自己，那个逝去的自己。寄给那个听小舅讲"灰姑娘"的女孩子，寄给那个跟父亲念《新丰折臂翁》的中学生。寄给那个在水边静坐的织梦者，寄给那个在窗前扶头的沉思者。

但是，她在哪里呢？就像刚才那两个在山径上嬉玩的孩童，倏忽之间，便无法追寻了。而那个"我"呢？你隐藏到哪一处树丛后面去了呢？

你听，雨落得这样温柔，这不是你所盼的雨吗？记得那一次，你站在后庭里，抬起头，让雨水落在你张开的口里，那真是很好笑的。你又喜欢一大早爬起来，到小树叶下去找雨珠儿。很小心地放在写算术用的化学垫板上，高兴得像是得了一满盘珠宝。你真是很富有的孩子，真的。

什么时候你又走进中学的校园了，在遮天的古木下，听隆隆的雷声，看松鼠在枝间乱跳，你忽然欢悦起来。你的欣喜有一种原始的单纯和热烈，使你生起一种欲舞的意念。但当天空陡然变黑，暴风夹雨而至的时候，你就突然静穆下来，带着一种虔诚的敬畏。你是喜欢雨的，你一向如此。

那年夏天，教室后面那棵花树开得特别灿美，你和芷同时都发现了。那些嫩枝被成串的黄花压得低垂下来，一直垂到小楼的窗口。每当落雨时分，那些花串儿就变得透明起来，美得让人简直不敢喘气。

那天下课的时候，你和芷站在窗前。花在雨里，雨在花里，你们遂被那些声音，那些颜色颠倒了。但渐渐地，那些声音和颜色也悄然退去，你们遂迷失在生命早年的梦里。猛回头，教室竟空了。才想起那一节是音乐课，同学们都走光了。那天老师没骂你们，真是很幸运的——不过他本来就不该骂你们，你们在听夏日花雨的组曲呢！

渐渐地，你会忧愁了。当夜间，你不自禁地去听竹叶滴雨的微响；当初秋，你勉强念着"留得残荷听雨声"，你就模模糊糊地为自己拼凑起一些哀愁了。你愁着什么呢？你不能回答——你至今都不能回答。你不能抑制自己去喜欢那些苍凉的景物，又不能保护自己不受那种愁绪的感染。其实，你是不必那么善感的，你看，别人家都忙自己的事，偏是你要愁那不相干的愁。

年齿渐长，慢慢也会遭逢一点人事了，只是很少看到你心平气和过，并且总是带着鄙夷，看那些血气衰败到不得不心平气和的人。在你，爱是火炽的，恨是死冰的，同情是渊深的，哀愁是层叠的。但是，谁知道呢？人们总说你是文静的，只当你是温柔的。他们永远不了解——你所以爱阳光，是钦慕那种光明；你所以爱雨水，是向往那份淋漓。但是，谁知道呢？

当你读到《论语》上那句"知其不可而为之"时，忽然血如潮涌，几天之久不能安坐。你从来没有经过这样大的暴雨——在你的思想和心灵之中。你仿佛看见那位圣人的终生颠沛，因而预感到自己的一部分命运。但你不能不同时感到欣慰，因为许久以来，你所想要表达的一个意念，竟在两千年前的一部典籍上出现了。直到现在，一想起这句话，你心里总激动得不能自已。你真是傻得可笑，你。

凭窗望去，雨已看不分明，黄昏竟也过去了。只是那清晰的声音仍然持续，像乐谱上一个延长符号。那么，今夜又是一个凄冷的雨夜了。你在哪里呢？你愿意今宵来入梦吗？带我到某个旧游之处去走走吧！南京的古老城墙是否已经苔滑？柳州的峻拔山水是否也已剥落？

下一次写信是什么时候呢？我不知道。当有一天我老的时候，或许会写一封很长的信给你呢！我不希望你接到一封有谴责意味的信，我是多么期望能写一封感谢的赞美的信啊！只是，那时候的你配得到它吗？

　　雨声滴答，寥落而美丽。在不经意的一瞥中，忽然发现小室里的灯光竟这般温柔；同时，在不经意的回顾里，你童稚的光辉竟也在遥远的地方闪烁。而我呢？我的光芒呢？真的，我的光芒呢？在许多年之后，当我桌上这盏灯燃尽了，世上还有没有其他的光呢？哦，我的朋友，我不知道那么多，只愿那时候你我仍发着光，在每个黑暗凄冷的雨夜里。

秋光的涨幅

　　绿竹笋，我觉得它是台湾最有特色的好吃笋子，这话其实也没有什么特别根据。孟宗笋细腻芬芳，麻竹笋硕大耐嚼，桶笋幼脆别致，但夏天吃一道甘冽多汁的绿竹冰笋，真觉得人生到此，大可无求了。

　　然而，好吃的绿竹笋，只属于夏日，像蝉、像荷香、像艳烈的凤凰花。秋风一至，便枯索难寻。

　　但由于暑假人去了北美，等回到台北，便急着补上这夏天岛屿上的至美之味——那盛在白瓷碗中，净如月色如素纨如清霜的绿竹笋。

　　我到市场上，绿竹笋六十元一斤，笋子重，又带壳，我觉得价钱太贵。

　　"哎，就快没了，"菜妇说，"要吃就要快了。"

　　我听她的话，心中微痛，仿佛我买的货物不是笋子，而是什么转眼就要消逝的东西，如长江鲥鱼，如七家湾的樱花钩吻鲑，如高山上的云豹。就要没了。啊，属于我的这一生，竟需要每天每天去和某种千百万年来一直活着的生物说再见。啊，我们竟是来出席告别式的吗？

绿竹笋很好吃，一如预期。

第二个礼拜，我又去菜场，绿竹笋仍在。这次却索价七十元一斤了。第三个礼拜是八十元，最近一次，再问价，竟是九十。

这让我想起二十年前，有位美国博物学家艾文温·第尔，他和妻子二人在二月末从佛罗里达出发，做了一个和中国词人说法相反的实验。宋词中说："若到江南赶上春，千万和春住。"他们夫妻二人却自己开着车往北走，竟然打起与春天同时北进的算盘。而且，连春天的步行速度也被他们窥探出来了。原来，春天是以十五英里的速度往北方挺进的。他们一路走，走到六月，到了加拿大边境，才歇了下来，好一趟偕春同游的壮举。

原来，"春天的脚步"这句话不是空话，它是真有其方向，真有行速，甚至真的可以尾随追踪。

同样的，我的盛夏也是可以用价钱来估量的，在绿竹笋一路由三十而四十而九十、一百的时候，我的盛夏便成往烟一缕。

也许极热极湿极气闷，也许还不时遭我骂一声"什么鬼天气"，但毕竟也是相与一场，我会记得这阳光泼旺的长夏。

绿竹笋想来会在贵到极点的时候戛然消失。秋天会渐深渐老，以每周十元的涨幅来向我索价。

只因为年轻啊。

他们其实并不笨，不，他们甚至可以说很聪明，可是，刚才他们为什么全不懂呢？只因为年轻，只因为对宇宙间生命共有的枯荣代谢的悲伤有所不知啊！

送你一个字

——给一个常在旅途上的女子

莹：

"行"是一个美丽的字，我想把它送给你，顺便也想戏称你一声"行者"。行者不免令人联想到孙悟空，不过，我要说的行者就只简单地指"行路之人"。

远在汉代，文字学家许慎在为文字分类的时候，就把汉字分成了五百四十个部首，其中有一个赫然便是"行"。换句话说，"行"是我们生活中的大项目，大到足以成为一个部首，就像水、火、土、鸟、田……都是大项目一般。那时代真好玩，仿佛在许慎的归纳下，老百姓全然在这五百四十个部首里活着，在这五百四十个项目下进行其生老病死。当然，至今我们要到字典里去"抓字"的时候，正规的抓法还是查部首。宇宙虽大，物象虽繁，却都乖乖各自待在它所从属的部首里，就算科学家新掏掘出了一些新玩意，一样可以收编为"铀"或"镭"或"氢"或"氧"……

但"行"不是被收编的，它是部首级的字，它有其完整自足的意义，它收编别人。

"行"是什么意思呢？

有趣的是，许慎虽比我们早生二千年，但他只懂小篆，旁及大篆，对那批早于汉代大约一千五百年的甲骨文他竟无缘得识。反而是我们二十世纪以后的后生小子，有幸隔着博物馆的玻璃，去亲眼见识到那些三千五百年前的骨片，更能在印刷精美的书页上把玩那遒劲的一笔一画。

"行"字在甲骨文时代是长成这个样子的：

这又是什么意思呢？

啊！简单地说，它就是十字路口。更有意思的是，这四条通衢大道全都没有收口，明摆着"一径入天涯"的迢遥途程。这和数学上的象限不同。象限是四个区块，四个区块其实仍然只是四个辖地。但"行"却是四个方向，它可南可北可东可西，它是大地之上呈带状的无限可能。它又酷似十字架，但十字架是有封口的，十字架是古往今来的纵线加上左舒右展的横线，然后在其上钉下一具牺牲者的肉体。而"行"是释放了的十字架，供凡人如你我可以得其救赎，因而可以大踏步地去冲州撞府，可以去披星戴月，可以在重关复隘、在山不穷水不尽的厚土上放牧自我。

以上是"行"的第一定义。

而"行"还有第二定义，下定义的是许慎，在他的《说文解字》里，行字成了"彳"和"亍"的结合。彳和亍可以解释作左脚和右脚的交互前行，也可以解释作"行"加上"止"的旅人轨迹——我比较喜欢后面这个定义。

相较之下，甲骨文时代的行是名词，是无限江山。而小篆中的行是动词，是千里行脚。两者都跟你有关，因为你是那健康自信美丽高雅的女子，你是穿阡越陌，在里巷中又行又止的人。好的旅行家如你，是亦行亦止的，因为只有"行"，才能去到远方，只有"止"才能凝神倾听，才能焕然了解，才能勃然动容，然后，才有琐细入微的记忆和娓娓道来的缕述。

很高兴你今又有远行，很佩服你一再出发。于我，因为方历大劫，一时尚在休养生息，但是倒也无妨于出入唐、宋，游走晋、魏，在历史中徜徉。所以，朋友啊，容许我小里小气，把刚才分明已经赠送给你的"行"字，也拿回来回赠给自己吧！

只因为年轻啊

爱——恨

小说课上，正讲着小说，我停下来发问："爱的反面是什么！"

"恨！"

大约因为对答案很有把握，他们回答得很快而且大声，神情明亮愉悦，此刻如果教室外面走过一个不懂中国话的老外，随他猜一百次也猜不出他们唱歌般快乐的声音竟在说一个"恨"字。

我环顾教室，心里浩叹，只因为年轻啊，只因为太年轻啊，我放下书，说：

"这样说吧，譬如说你现在正谈恋爱，然后呢？就分手了，过了五十年，你七十岁了，有一天，黄昏散步，冤家路窄，你们又碰到一起了，这时候，对方定定地看着你，说：

'×××，我恨你！'

"如果情节是这样的，那么，你应该庆幸，居然被别人痛恨了半个世纪，恨也是一种很容易疲倦的情感，要有人恨你五十年也不简单，怕就怕在当时你走过去说：

'×××，还认得我吗？'

"对方愣愣地呆望着你说：

'啊，有点面熟，你贵姓？'"

全班学生都笑起来，大概想象中那场面太滑稽太尴尬吧？

"所以说，爱的反面不是恨，是漠然。"

笑罢的学生能听得进结论吗？——只因为太年轻啊，爱和恨是那么容易说得清楚的吗？

受创

来采访的学生在客厅沙发上坐成一排，其中一个发问道：

"读你的作品，发现你的情感很细致，并且说是在关怀，但是关怀就容易受伤，对不对？那怎么办呢？"

我看了她一眼，多年轻的额，多年轻的颊啊，有些问题，如果要问，就该去问岁月，问我，我能回答什么呢？但她的明眸定定地望着我，我忽然笑起来，几乎有点促狭的口气：

"受伤，这种事是有的——但是你要保持一个完完整整不受伤的自己做什么用呢？你非要把你自己保卫得好好的不可吗？"

她惊讶地望着我，一时也答不上话。

人生世上，一颗心从擦伤、灼伤、冻伤、撞伤、压伤、扭伤，乃至到内伤，哪能一点伤害都不受呢？如果关怀和爱就必须包括受伤，那么就不要完整，只要撕裂。基督不同于世人的，岂不正在那双钉痕宛在的受伤手掌吗？

小女孩啊，只因年轻，只因一身光灿晶润的肌肤太完整，你就舍不得碰撞就害怕受创吗！

经济学的旁听生

"什么是经济学呢？"他站在讲台上，戴眼镜，灰西装，声音平静，典型的中年学者。

台下坐的是大学一年级的学生，而我，是置身在这二百人大教室里偷偷旁听的一个。

从一开学我就昂奋起来，因为在课表上看见要开一门《社会科学概论》的课程，包括四位教授来设"政治""法律""经济""人类学"四个讲座。想起可以重新做学生，去听一个个对我而言崭新的知识，那份喜悦真是掩不住藏不严，一个人坐在研究室里都忍不住要轻轻地笑起来。

"经济学就是把'有限资源'做'最适当的安排'，以得到'最好的效果'。"

台下的学生沙沙地抄着笔记。

"经济学为什么发生呢？因为资源'稀少'，不单物质'稀少'，时间也'稀少'，而'稀少'又是为什么？因为，相对于'欲望'，一切就显得'稀少'了……"

原来是想在四门课里跳过经济学不听的，因为觉得讨论物质的东西大概无甚可观，没想到一走进教室来竟听到这一番解释。

"你以为什么是经济学呢？一个学生要考试，时间不够了，书该怎么念，这就叫经济学啊！"

我愣在那里反复想着他那句"为什么有经济学——因为稀少——为什么稀少，因为欲望"而麻颤惊动，如同山间顽崖愚壁偶闻大师说法，不免震动到石骨土髓格格作响的程度。原来整场生命也可作经济学来看，生命也是如此短小稀少啊！而人的不幸却在于那颗永远渴切不止的有所索求、有所跃动、有所未足的心，为什么是这样的呢？为什么竟是这样的呢？我痴坐着，任泪下如麻不敢去动它，不敢让身旁年轻的助教看到，不敢让大一年轻的孩子看到。奇怪，为什么他们都不流泪呢？只因为年轻吗？因年轻就看不出生命如果像戏，也只能像一场短短的独幕剧吗？"朝如青丝暮成雪"，乍起乍落的一朝一暮间又何尝真有少年与壮年之分？"急罚盏，夜阑灯灭"，匆匆如赴一场喧哗夜宴的人生，又岂有早到晚到早走晚走的分别？然而他们不悲伤，他们在低头记笔记。听经济学听到哭起来，这话如果是别人讲给我听的，我大概会大笑，笑人家的滥情，可是……

"所以，"经济学教授又说话了，"有位文学家卡莱尔这样形容：经济学是门'忧郁的科学'……"

我疑惑起来，这教授到底是因有心而前来说法的长者，还是以无心来度脱的异人？至于满堂的学生正襟危坐是因岁月尚早，早如揭衣初涉水的浅溪，所以才凝然无动吗？为什么五月山栀子的香馥里，独独旁听经济学的我为这被一语道破的短促而多欲的一生而又惊又痛泪如雨下呢？

如果作者是花

"年年岁岁花相似，岁岁年年人不同。"

诗选的课上，我把句子写在黑板上，问学生：

"这句子写得好不好？"

"好！"

他们的声音听起来像真心的，大概在强说愁的年龄，很容易被这样工整、俏皮而又怅惘的句子所感动吧？

"这是诗句，写得比较文雅，其实有一首新疆民谣，意思也跟它差不多，却比较通俗，你们知道那歌词是怎么说的？"

他们反应灵敏，立刻争先恐后地叫出来：

太阳下山明早依旧爬上来，

花儿谢了明年还是一样地开。

美丽小鸟一去无影踪，

我的青春小鸟一样不回来，

我的青春小鸟一样不回来……

那性格活泼的干脆就唱起来了。

"这两种句子从感性上来说，都是好句子，但从逻辑上来看，却有不合理的地方——当然，文学表现不一定要合逻辑，但是我还是希望你们看得出来问题在哪里。"

他们面面相觑，又认真地反复念诵句子，却没有一个人答得上来。我等着他们，等满堂红润而聪明的脸，却终于放弃了，只因太年轻啊，有些悲凉是不容易觉察的。

"你知道为什么说'花相似'吗？是因为陌生，因为我们不懂花，正好像一百年前，我们是很少看到外国人的，所以在我们看起来，他们全是一个样子，而现在呢，我们看多了，才知道洋人和洋人大有差别，就算都是美国人，有的人也有本领一眼看出住纽约、旧金山和南方小城的不同。我们看去年的花和今年的花一样，是因为我们不是花，不曾去认识花，体察花，如果我们不是人，是花，我们会说：

'看啊，校园里每一年都有全新的新鲜人的面孔，可是我们花却一年老似一年了。'

"同样的，新疆歌谣里的小鸟虽一去不回，太阳和花其实也是一去不回的，太阳有知，太阳也要说：

'我们今天早晨升起来的时候，已经比昨天疲软苍老了，奇怪，人类却一代一代永远有年轻的面孔……'

"我们是人，所以感觉到人事的沧桑变化。其实，人世间何物没有生老病死，只因我们是人，说起话来就只能看到人的痛，你们猜，那句诗的作者如果是花，花会怎么写呢？"

"年年岁岁人相似，岁岁年年花不同。"他们齐声回答。

他们其实并不笨，不，他们甚至可以说很聪明，可是，刚才他们为什么全不懂呢？只因为年轻，只因为对宇宙间生命共有的枯荣代谢的悲伤有所不知啊！

高倍数显微镜

他是一个生物系的老教授，外国人，我认识他的时候他已经退休了。

"小时候，父亲是医生，他看病，我就站在他旁边，他说：'孩子，你过来，这是哪一块骨头？'我就立刻说出名字来……"

我喜欢听老年人说自己幼小时候的事，人到老年还不能忘的记忆，大约有点像太湖底下捞起的石头，是洗净尘泥后的硬瘦剔透，上面附着一生岁月所冲积洗刷出的浪痕。

这人大概注定要当生物学家的。

"少年时候，喜欢看显微镜，因为那里面有一片神奇隐秘的世界，但是看到最细微的地方就看不清楚了，心里不免想，赶快做出高倍数的新式显微镜吧，让我看得更清楚，让我对细枝末节了解得更透彻，这样，我就会对生命的原质明白得更多，我的疑难就会消失……"

"后来呢？"

"后来，果然显微镜愈做愈好，我们能看清楚的东西，愈来愈多，可是……"

"可是什么？"

"可是我并没有成为我自己所预期的'更明白生命真相的人'，糟糕的是比以前更不明白了，以前的显微镜倍数不够，有些东西根本没发现，所以不知道那里隐藏了另一段秘密，但现在，我看得愈细，知道的愈多，愈不明白了，原来在奥秘的后面还连着另一串奥秘……"

我看着他清癯渐消的颊和清灼明亮的眼睛，知道他是终于"认了"，半世纪以前，那意气风发的少年以为只要一架高倍数的显微镜，生命的秘密便迎刃可解，什么使他敢生出那番狂想呢？只因为年轻吧？只因为年轻吧？而退休后，在校园的行道树下看花开花谢的他终于低眉而笑，以近乎撒赖的口气说：

"没有办法啊，高倍数的显微镜也没有办法啊，在你想尽办法以为可以看到更多东西的时候，生命总还留下一段奥秘，是你想不通猜不透的……"

浪掷

开学的时候，我要他们把自己形容一下，因为我是他们的导师，想多知道他们一点。

大一的孩子，新从成功岭下来，从某一点上看来，也只像高四罢了，他们倒是很合作，一个一个把自己尽其所能地描述了一番。

等他们说完了，我忽然觉得惊讶不可置信，他们中间照我来看分成两类，有一类说："我从前爱玩，不太用功，从现在起，我想要好好读点书。"另一类说："我从前就只知道读书，从现在起我要好好参加些社团，或者去郊游。"

奇怪的是，两者都有轻微的追悔和遗憾。

我于是想起一段三十多年前的旧事，那时流行一首电影插曲（大约是叫《渔光曲》吧），阿姨舅舅都热心播唱，我虽小，听到"月儿弯弯照九州"觉得是可以同意的，却对其中另一句大为疑惑。

"舅舅，为什么要唱'小妹妹青春水里流（或"丢"？不记得了）'呢？"

"因为她是渔家女嘛，渔家女打鱼不能上学，当然就浪费青春啦！"

我当时只知道自己心里立刻不服气起来，但因年纪太小，不会说理由，不知怎么吵，只好不说话，但心中那股不服倒也可怕，可以埋藏三十多年。

等读中学听到"春色恼人"，又不死心地去问，春天这么好，为什么反而好到令人生恼，别人也答不上来，那讨厌的甚至眈眈狎邪的眼光，暗示春天给人的恼和"性"有关。但事情一定不是这样的，一定另有一个道理，那道理我隐约知道，却说不出来。

更大以后，读《浮士德》，那些埋藏许久的问句都汇拢过来，我隐隐知道那里有番解释了。

年老的浮士德，面对满屋子自己做了一生的学问，在典籍册页的阴影中他乍瞥见窗外的四月，歌声传来，是庆祝复活节的喧哗队伍。那一霎间，他懊悔了，他觉得自己的一生都抛掷了，他以为只要再让他年轻一次，一切都会改观。中国元杂剧里老旦上场照例都要说一句"花有重开日，人无再少年"，（说得淡然而确定，也不知看戏的人惊不惊动），而浮士德却以灵魂押注，换来第二度的少年以及因少年才"可能拥有的种种可能"。可怜的浮士德，学究天人，却不知道生命是一桩太好的东西，好到你无论选择什么方式度过，都像是一种浪费。

生命有如一枚神话世界里的珍珠，出于沙砾，归于沙砾，晶光莹润的只是中间这一段短短的幻象啊！然而，使我们颠之倒之甘之苦之的不正是这短短的一段吗？珍珠和生命还有另一个类同之处，那就是你倾家荡产去买一粒珍珠是可以的，但反过来你要拿珍珠换衣换食却是荒谬的，就连镶成珠坠挂在美人胸前也是无奈的，无非使两者合作一场"慢动作的人老珠黄"罢了。珍珠只是它圆灿含彩的自己，你只能束手无策地看着它，你只能欢喜或喟然——因为你及时赶上了它出于沙砾且必然还原为沙砾之间的这一段灿然。

　　而浮士德不知道——或者执意不知道，他要的是另一次"可能"，像一个不知是由于技术不好或是运气不好的赌徒，总以为只要再让他玩一盘，他准能翻本。三十多年前想跟舅舅辩的一句话我现在终于懂得该怎么说了，打鱼的女子如果算是浪掷青春的话，挑柴的女子岂不也是吗？读书的名义虽好听，而令人眼目为之昏眊，脊骨为之佝偻，还不该算是青春的虚掷吗？此外，一场刻骨的爱情就不算烟云过眼吗？一番功名利禄就不算滚滚尘埃吗？不是啊，青春太好，好到你无论怎么过都觉浪掷，回头一看，都要生悔。

　　"春色恼人"那句话现在也懂了，世上的事最不怕的应该就是"兵来有将可挡，水来以土能掩"，只要有对策就不怕对方出招。怕就怕在一个人正小心翼翼地和现实生活斗阵，打成平手之际，忽然阵外冒出一个叫"宇宙大化"的对手，他斜里杀出一记叫"春天"的绝招，身为人类的我们真是措手不及。对着排天倒海而来的桃红柳绿，对着蚀骨的花香，夺魂的阳光，生命的豪奢绝艳怎能不令我们张皇无措，当此之际，真是不做什么既要懊悔——做了什么也要懊悔。春色之叫人气恼跺脚，就是气在我们无招以对啊!

回头来想我导师班上的学生,聪明颖悟,却不免一半为自己的用功后悔,一半为自己的爱玩后悔——只因年轻啊,只因太年轻啊,以为只要换一个方式,一切就扭转过来而无憾了。孩子们,不是啊,真的不是这样的!生命太完美,青春太完美,甚至连一场匆匆的春天都太完美,完美到像喜庆节日里一个孩子手上的气球,飞了会哭,破了会哭,就连一日日空瘪下去也是要令人哀哭的啊!

所以,年轻的孩子,连这个简单的道理你难道也看不出来吗?生命是一个大债主,我们怎么混都是他的积欠户,既然如此,干脆宽下心来,来个"债多不愁"吧!既然青春是一场"无论做什么都觉是浪掷"的憾意,何不反过来想想,那么,也几乎等于"无论诚恳地做了什么都不必言悔",因为你或读书或玩,或作战,或打鱼,恰恰好就是另一个人叹气说他遗憾没做成的。

——然而,是这样的吗?不是这样的吗?在生命的面前我可以大发职业病做一个把别人都看作孩子的教师吗?抑或我仍然只是一个大年龄的蒙童,一个不信不服、欲有辩而又语焉不详的蒙童呢?

陈年老茶

　　香港街头，是一个奇怪的地方，她是古老的龙鳞闪烁，她是东方珍珠暧昧的魔光。她是余风犹存的小小渔港。我爱逛香港的街。

　　终于在一个茶叶店门前停下脚，茶店名叫 × 记茶行，是个百年老店了，虽然门面不大。但茶叶店原来就不须多大的，老茶行自有一番郁郁沉沉的潜德幽光。茶香细细，在下午的斜阳中如天女纺纱，云疋流泻一地，并且逐渐漫出室外，铺满大街，横绝人世。令人想起很多好东西，例如岁月，例如星河，例如夏天夜里从来没能听完就已沉沉睡去的长长童话故事……

　　× 记茶行，其实不是我的乡愁，是我朋友 M 的乡愁。她因小时候住过香港，× 记便成了她童年记忆中永恒的烙印。我今站在此，仿佛犹见当日的那个小女孩，当年的茶行一定曾是长街上非常了不起的一座坐标吧！

　　我来此，也许只为向百年致敬，并不为买茶叶。出门在外，习惯上我总带一包台湾茶的。我带的那包茶上印了一行字："保存期限一年。"

我收拾行李的时候倒也没有仔细想过这句话，现在站在 × 记茶行里，发现某个看似珍藏的茶罐外写了一排字，倒忍不住惊奇了。那字这样说："陈年老茶，治小儿肚痛。"

我于是去问老板：

"陈年老茶，到底多老呢？"

"都有呀，二十年，三十年，都有呀！"

咦？看来陈茶如陈酒，都是难得的极品。奇怪，我行囊中的那包其保存期限规定是一年，这茶行却卖着二三十年前的老茶。

我不懂茶，不知道透过什么手续，新茶就能变成好"陈茶"，可以封入细致的瓷罐里，年复一年，不减其芬芳，只增其酽美。

某出版社要重出我的四本书，都是二十年前的旧作了，我有点畏惧，几乎想逃避。校对之际尤感艰难，简直仿佛要跟一位老同学打交道似的，我得面对昔日的我，我得坐下来和她细话当年。

曾经是新采的茶菁，曾经在叶脉上犹然含着朝露腻着月光，而这一切如今已制定为一罐茶——然而，它是过了保存期限的作废茶？抑或是老茶行小瓷罐里的陈年老茶（可以治疗某个消化不良的小儿的肚痛的）？这个问题对于每个书写者而言都等于在下一份无情的战书，而书写者本身并没有资格回答这个问题——有资格回答的人是读者。

没有烟火可以持续辉耀二十年，没有掌声可以一直鼓响二十年，唯陈年老茶可以甘醇沉厚，入喉柔粹深美。

我能这样期待自己的作品吗？

别人的同学会

出门的时候，她蔫蔫的，一副意兴阑珊的样子。

多年夫妻了，装高兴的那种把戏看来也大可不必了。装假，实在是很累人的事，更何况，装得不好是会给人拆穿的，反而没趣。

他应该也看出来了，但大概由于理亏，也就不好意思说什么。两人叫了计程车，便往豪华饭店驰去。她本来就讨厌吃"泼费"（"尽量吃饱"的意思），何况又是去跟丈夫的同学吃。

世上无聊的事很多，陪配偶的老同学吃饭大概也算是一桩吧？今天的晚宴，她想象起来，也不觉得会有什么乐趣。所谓"老友"，本来天经地义，就该有点排外。老友聊天如果不能令别人目瞪口呆，片言只语也插不进，那也不叫"老友"了。

这种场合，她知道，做妻子的去了，实在了无生趣。但不去，又显得做丈夫的没面子，连个老婆也搬不动，只好勉勉强强无精打采地去走一遭。等一下，等到达饭店，她会把笑容拿出来挂上脸去，她会把自己装作"鸽派人士"。但现在，她想要休息一下，她把自己缩成一条还没有吹胀的气球，萎绡且扭曲，窝在座椅上。

坐上桌以后，果不出所料，几个男人开始大谈想当年，女人则静静地听，静静地吃，完全插不上嘴。同学会这种地方是不该带配偶的，太不人道了，她想，各人跑各人自己的同学会才对。好在几个太太都是质朴的人，大家低头吃东西，倒也相安。曾经碰到某些太太没话找话说，那才叫累人。

忽然，话锋一转，他们谈到了作弊。而且，他们一致把眼睛望向她的丈夫。

"哎呀，真的，我们班上唯一考试不作弊的人，就是你呀！"

"对呀，就是你，只有你一个！"

她吃了一惊，原来他是唯一的一个！她自己考试不作弊，总以为天下人都该不作弊，没料到丈夫当年竟是唯一的一个。

"那你呢？你也作弊啦！"有个太太多此一举地瞪眼问自己的丈夫。

"我不作我就毕不了业了！"那丈夫理直气壮地回答。

她默默地吃着，什么话也没讲。心里却对自己说，啊，想来那男孩当年也蛮可爱的，虽然现在的他已是"忠厚"人士，虽然他坐在自己身边竭力不为那份诚实而自得自豪。他的确是个诚实的君子，相处三十多年后，她倒也能为这句话盖上印章，打上包票。

"有时去参加别人的同学会倒也不完全是无聊的事。"

回家的路上，挽着丈夫的手，她想。

乌鲁木齐女孩

　　距离乌鲁木齐市大约一个半小时车程的地方，有个牧场，名叫南山。南山，这名字充满汉人意味，牧民却是哈萨克人。这地方青峰插天，溪涧淙淙，地上仿若铺了一层柔和的绿色羊皮。

　　然而，它却是个为观光客设计的地方，节目假假的，"姑娘追"一点也不好看，姑娘挥鞭打人的动作完全有名无实。我受不了，为了礼貌，只好坐在原地抬头看白云，多像欧洲啊！这奇异的蓝天。蓝天从来不假，不把自己当一条观光项目。

　　我们住进一间蒙古包，那包竟是水泥制的，里面有床——这些，也是假假的。

　　我们去央一个妇人为我们煮些奶茶，还好，那奶茶，却有几分真意。

　　夜深，群星如沸，闹腾不止，那星，扎扎实实，是真的。

　　天亮了，我们去骑马，马是驯马，路也是柏油路，但山风是真的，阳光、树影、野水，都一一是真的。行至瀑布，返辔而回，春风得意马蹄疾，人生快意之事也只能如此而已吧？

　　跨下马来就准备要走了，路旁却瑟缩着一个小女孩正在跟我们同队的君儿聊天。大约八九岁吧！看得出来将来会是个美人。原来她是汉人，家住乌鲁木齐。在新疆，除了乌鲁木齐市市区，汉人都算"少数民族"。她现在正放着暑假，父亲来牧场做木工，她便跟来了。父亲一早上工去，便锁上屋子（奇怪，我想不出他有什么怕偷的东西），而小女孩不会说哈萨克话，不能跟当地小孩玩在一起，只好呆呆坐在树下。

　　"你喜欢骑马吗？"我加入谈话，陪她坐在树下。

　　"喜欢，可是我爸爸不让我骑！"

　　"啊！他怕你摔。"我说。

　　"不是的，他说十块钱太贵了。"

　　"去骑，去骑，我请客，你去玩嘛！"

　　"不要，"她十分懂事，"这十块钱，照我看，还不如买碗饭吃好呢！"

　　我一下惭愧万分，竟不敢再说什么，这么小的孩子，竟这么乖巧，简直叫人心疼。

　　阳光升得更高，美丽的观光牧场仍然美得近乎做作，唯这女孩是如此真实，那样安静自约的垂睫，那样认分知足的黑眸——我不知为什么想起汉墓中的妇人俑，那俑一般叫"长袍女俑"，高五十八厘米，长安出土，她什么动作也没有，只是站着，只是收敛着，只是无求。她那样卑微，但因为不想祈求什么，所以也自有她的尊严。奇怪，这小小的女孩为什么有两千年前那妇人一般的详柔无怨？

　　而令我自己讶异的是我在那汉代妇人俑身上所没有能完全看懂的表情，如今借一个小女孩的脸全懂了。

"你们可以叫我娟儿。"她说。

我想她一定喜欢上美丽活蹦的君儿了，她的名字里刚好也有个"娟"字，她就自动地换一下，叫起自己"娟儿"来了。听起来，像是君儿的妹妹。

分手的时候，居然彼此眼里都雾着一片泪光。

炎凉

我有一张竹席，每至五六月，天气渐趋暖和，暑气隐隐待作，我就把它找出来，用清茶的茶叶渣拭净了，铺在床上。

一年里面第一次使用竹席的感觉极好，人躺下去，如同躺在春水湖中的一叶小筏子上。清凉一波波来拍你入梦，竹席恍惚仍饱含着未褪尽的竹叶清香。

生命中的好东西往往如此，极便宜又极耐用。我可以因一张席而爱一张床，因一张床而爱一栋屋子，因一栋屋子而爱上一个城……

整个初夏，肌肤因贴近那清凉的卷云而舒缓自如。触觉之美有如闻高士说法，凉意沦肌浃髓而来。古人形容喻道之透辟，谓一时如天女散花。天女散花是由上而下，轻轻撒落——花瓣触人，没有重量，只有感觉。但人生某些体悟却是由下而上，仿佛有仙云来轻轻相托，令人飘然升浮。凉凉的竹席便有此功。一领清簟可以把人沉淀下来，静定下来，像空气中热腾腾的水雾忽然凝结在碧沁沁的一茎草尖而终于成为露珠。

人在席上，也是如此。阿拉伯人牧羊，他们故事里的羊毛毯是可以飞的。中国人种地，对植物比较亲切。中国人用植物编的席子不飞——中国人想，飞了干吗呀？好好地躺在席子上不比飞还舒服吗？中国圣贤叫人拯救人民，其过程也无非是由"出民水火"到"登民衽席"。总之，世界上最好的事莫过于把自己或别人放在席子上了。初夏季节的我便如此心满意足地躺在我的竹席上。

可惜好景不长，到了七八月盛夏，情形就不一样了。刚躺下去还好，多躺一会，席子本身竟然也变热了。凉席会变热，天哪，这真是人间惨事。为了环保，我睡觉不用冷气，于是只好静静地和热浪僵持对抗。我反复对自己说："不热，不算太热，我还可以忍受，这也没什么大不了，哼，谁怕谁啊……"念着念着，也就睡着了。

然后，便到了九月，九月初席子又恢复了清凉。躺在席上，整个人摊开，霎时变成了片状，像一块金子捶成薄薄的金箔，我贪享那秋霜零落的错觉。

九月中，每每在一场冷雨之后，半夜乍然惊醒，是被背上的沁凉叫醒的——唉，这凉席明天该收了。我在黑暗中揣想，竹席如果有知，也会厌苦不已吧？七月嫌它热，九月又嫌它凉，人类也真难伺候。

想来一生或者也如此，曾经嫌日程排得太紧，曾经怨事情做个没完，曾经烦稿约演讲约不断，曾经大叹小孩子缠磨人……可是，也许，有一天，一切热过的都将乍然冷却下来，令人不觉打起寒战。

不过，也只好这样吧！让席子在该铺开的时候铺开，在该收卷的时候收卷。炎凉，本来就半点由不得人的。

放尔千山万水身。

好的旅游，不仅带人去远方，而且是带人回到最深层的内心世界。

回首风烟

"喂，请问张教授在吗？"电话照例从一早就聒噪起来。

"我就是。"

"嘿！张晓风！"对方的声音忽然变得又急又高又鲁直。

我愣一下，因为向来电话里传来的声音都是客气的、委婉的、有所求的。这直呼名字的作风还没听过，一时竟不知如何回答。

"你不记得我啦！"她继续用那直统统的语调，"我是李美津啦，以前跟你坐隔壁的！"

我忽然舒了一口气，怪不得，原来是她，三十年前的初中同学，对她来说，"教授""女士"都是多余的装饰词。对她来说，我只是那个简单的穿着绿衣黑裙的张晓风。

"我记得！"我说，"可是你这些年在哪里呀？"

"在美国，最近暑假回来。"

那天早晨我忽然变得很混乱，一个人时而抛回三十年前，时而急急奔回现在。其实，我虽是"北一女"的校友，却只读过两年，后来因为父亲调职，举家南迁，便转学走了，以后再也没有遇见这批同学。忙碌的生涯，使我渐渐把她们忘记了，奇怪的是，电话一来，名字一经出口，记忆又复活了，所有的脸孔和声音都逼到眼前来。时间真是一件奇妙的东西，像火车，可以向前开，也可沿着轨道倒车回去；而记忆像呼吸，吞吐之间竟连自己也不自觉。

终于约定周末下午到南京东路去喝咖啡，算是同学会。我兴奋万分地等待那一天，那一天终于来了。

走进预定的房间，第一个看到的是坐在首席的理化老师，她教我们那年师大毕业不久，短发、浓眉大眼、尖下巴、声音温柔，我们立刻都爱上她了，没想到三十年后她仍然那样娴雅端丽。和老师同样显眼的是罗，她是班上的美人，至今仍保持四十五公斤的体重。记得那时候，我真觉得她是世间第一美女，医生的女儿，学钢琴，美目雪肤，只觉世上万千好事都集中在她身上了，大二就嫁给实业巨子的独养孙子，嫁妆车子一辆接一辆走不完，全班女同学都是伴娘，席开流水……但现在看她，才知道在她仍然光艳灿烂的美丽背后，她也曾经结结实实地生活过。财富是有脚的，家势亦有起落，她让自己从公司里最小的职员干起，熟悉公司的每一部门业务，直到现在，她晚上还去修管理的学分。我曾视之为公主为天仙的人，原来也是如此脚踏实地在生活着的啊。

"喂，你的头发有没有烫？"有一个人把箭头转到迟到的我身上。

"不用，我天生鬈毛。"我一边说，一边为自己生平省下的烫发费用而得意。

"现在是好了。可是，从前，注册的时候，简直过不了关，训育组的老师以为我是趁着放假偷偷去烫过头，说也说不清，真是急得要哭。"

　　大家笑起来。咦？原来这件事过了三十年再拿来说，竟也是好笑好玩的了。可是当时除了含冤莫白急得要哭之外，竟毫无对策，那时会气老师，气自己，气父母遗传给了我一头怪发。

　　然后又谈各人的家人。李美津当年，人长得精瘦，调皮捣蛋不爱读书，如今却生了几个品学兼优的好孩子，做起富富泰泰的贤妻良母来了；魏当年画图画得好，可惜听爸爸的话去学了商，至今念念不忘美术。

　　"从前你们两个做壁报，一个写、一个画，弄到好晚也回不了家，我在旁边想帮忙，又帮不上。"

　　我怎么想不起来有这么一回事？

　　"语文老师常拿你的作文给全班传阅。"

　　奇怪，这件事我也不记得了。

　　记得的竟是一些暗暗的羡慕和嫉妒，例如施，她写了一篇《模特儿的独白》，让橱窗里的模特儿说话。又例如罗珞珈，她写小时候的四川，写"铜脸盆里诱人的兔肉"。我当时只觉得她们都是天纵之才。

　　话题又转到音乐，那真是我的暗疤啊。当时我们要唱八六的拍子，每次上课都要看谱试唱，那么简单的东西不会就是不会，上节课不会下节课便得站着上，等会唱了，才可以坐下。可是，偏偏不会，就一直站着，自己觉得丢脸死了。

　　"我现在会了，Do Re Mi Do Re Mi Re……"我一路唱下来，大家笑起来，"你们不要笑啊，我现在唱得轻松，那时候却一想到音乐课就心胆俱裂。每次罚站也是急得要哭……"

　　大家仍然笑。真的，原来事过三十年，什么都可以一笑了之。还有，其实理化老师也苦过一番，她教完我们不久就辞了职，嫁给了一个医学生，住在酒泉街的陋巷里挨岁月，三十年过去了，医学生已成名医，分割连体婴便是师丈主的刀。

体育课、童军课、大扫除都被当成津津有味的话题。"喂，你们还记不记得，腕骨有八块——叫作舟状、半月、三角、豆、大多棱、小多棱、头状、钩——我到现在也忘不了。"我说，看到她们错愕的表情，我受到鼓励，又继续挖下去，"还有语文老师，有一次她病了，我们大家去看她，她哭起来，说她宫外孕，动了手术，以后不能有小孩了，那时我们太小，只觉奇怪，没有小孩有什么好哭的呢？何况她平常又是那么要强的一个人。"

许多唏嘘，许多惊愕，许多甜沁沁的回顾，三十年已过，当时的嗔喜，当时的笑泪，当时的贪痴和悲智，此时只是咖啡杯面的一抹轻烟，所有的伤口都自然可以结疤，所有的果实都已含蕴成酒。

有人急着回家烧晚饭，我们匆匆散去。

原来，世事是可以在一回首之间成风成烟的，原来一切都可以在笑谈间作梦痕看的，那么，这世间还有什么不能宽心、不能放怀的呢？

一山昙花

"你们来晚了！"

我老是想到这句话。

旅行世界各地，总是有热心的朋友跑来告诉你这句话。

于是，我知道，如果我去年就来，我可以赶上一场六十年来仅见的瑞雪。或者如一个月前来，丁香花开如一片香海。或者十天以前来，有一场热闹的庙会。一星期以前来，正逢热气球大赛。三天以前是啤酒节……

开头的时候，听到这样的话，忍不住跌足叹息，自伤命苦。久了，也就认了。知道有些好事情，是上天赏给当地居民的。旅客如果碰上了，是万幸；碰不上，是理所当然。凭什么你把"花枝春满""天心月圆"的好景都碰上了？

因此，我到夏威夷，听朋友说："满山昙花都开了——好像是上个礼拜某个夜里。"心里也只觉坦然，一面促他带我们仍去看看，毕竟花谢了山还在。

到得山边，不禁目瞪口呆，果真是满满一山仙人掌，果真每棵仙人掌都垂下一朵大大的枯萎的花苞。遥想上个礼拜千朵万朵深夜竞芳时，不知是如何热闹熙攘的局面。而此刻，我仿佛面对三千位后宫美女——三千位垂垂老去的美女，努力揣想她们当年如何风华正茂……

如果不是事先听友人说明，此刻我也未必能发现那些残花。花朵开时，如敲锣如打鼓，腾腾烈烈，声震数里，你想不发现也难。但花朵一旦萎谢，则枝柯间忽然幽冥如墓地，你只能从模糊的字迹里去辨认昔日的王侯将相才子佳人。

此时此刻，说不憾恨是假的，我与这一山昙花，还未见面，就已诀别。

但对这种憾恨我却早已经"习惯"了，人本来就不是有权利看到每一道彩虹的。王羲之的兰亭雅集我没赶上，李白宴于春夜桃李园我也没赶上。就算我能逆时光隧道赶回一千多年前去参加，他们也必然因为我的女性身份而将我拒之门外。是啊，不是所有的好事都是我可以碰上的，哥伦布去新大陆没带我同行，莎士比亚《李尔王》的首演日我没接到招待券，而地球的启动典礼上帝也没让我剪彩……反正，是好事，而被我错过的，可多着哪！这一山白灿灿的昙花又算什么！

我呆站在山前，久久不忍离去，这一山残花虽成往事，但面对它却可以容我驰无穷之想象，想一周前的某个深夜，满山花开如素烛千盏，整座山燃烧如月下的烛台，那夜可有人是知花之人？可有心是惜香之心？

凡眼睛无福看见的，只好用想象去追踪揣摩。凡鼻子不及嗅闻的，

题字：勇子襄长儿 九十五岁 白石

只好用想象去填充臆测。凡手指无缘接触的，也只得用想象去弥补假设——想象使我们无远弗届。

我曾淡忘无数目睹的美景，反而牢牢记住了夏威夷岛上不曾见识过的一山昙花。这世间，究竟什么才叫拥有呢？

春之怀古

春天必然曾经是这样的：从绿意内敛的山头，一把雪再也撑不住了，扑哧一声，将冷脸笑成花面，一首渐渐然的歌便从云端唱到山麓，从山麓唱到低低的荒村，唱入篱落，唱入一只小鸭的黄蹼，唱入软溶溶的春泥——软如一床新翻的棉被般的春泥。

那样娇，那样敏感，却又那样混沌无涯。一声雷，可以无端地惹哭满天的云；一阵杜鹃啼，可以斗急了一城杜鹃花；一阵风起，每一棵柳都吟出一则则白茫茫、虚飘飘，说也说不清、听也听不清的飞絮，每一丝飞絮都是一株柳的分号。反正，春天就是这样不讲理、不按逻辑，而仍可以好得让人心平气和。

春天必然曾经是这样的：满塘叶黯花残的枯梗抵死苦守一截老根，北地里千宅万户的屋梁受尽风欺雪压犹自温柔地抱着一团小小的空虚的燕巢，然后，忽然有一天，桃花把所有的山村水廓都攻陷了。柳树把皇室的御沟和民间的江头都控制住了——春天有如旌旗鲜明的王师，因为长期虔诚的企盼祝祷而美丽起来。

　　而关于春天的名字，必然曾经有这样的一段故事：在《诗经》之前，在《尚书》之前，在仓颉造字之前，一只小羊在啮草时猛然感到的多汁，一个孩子在放风筝时猛然感觉到的飞腾，一双患风痛的腿在猛然间感到的舒适，千千万万双素手在溪畔在塘畔在江畔浣纱所猛然感到的水的血脉……当他们惊讶地奔走互告的时候，他们决定将嘴噘成吹口哨的形状，用一种愉快的耳语的声量来为这季节命名——"春"。

　　鸟又可以开始丈量天空了。有的负责丈量天的蓝度，有的负责丈量天的透明度，有的负责用那双翼丈量天的高度和深度。而所有的鸟全不是好的数学家，他们叽叽喳喳地算了又算，核了又核，终于还是不敢宣布统计数字。

　　至于所有的花，已交给蝴蝶去点数。所有的蕊，交给蜜蜂去编册。所有的树，交给风去纵宠。而风，交给檐前的老风铃去一一记忆、一一垂询。

　　春天必然曾经是这样，或者，在什么地方，它仍然是这样的吧？穿越烟萝与烟萝的黑森林，我想走访那踯躅在湮远年代中的春天。

晴日手记

　　天气忽然好了，咦？居然说好就好了。因为已经坏了一个月，我几乎已经对他的阴阳怪气习以为常了。而今天他竟莫名其妙地好了，不免让人觉得诡异，总觉得这位叫"天气"的坏家伙一旦露出微笑，准是包藏祸心，打算在今天某一时某一刻对你说翻脸就翻脸，杀你个措手不及。哼，我才不上你的老当呢！

　　——可是中午过了，阳光依旧笑面迎人。看来并没有安排下什么害人的勾当，说不定，他真的改邪归正了，我却对他步步设防，不肯信任，是不是也忒小器了？

　　于是推开书，决定从研究室走出来，开车到阳明山去转一圈。一般而言，如果因缘凑巧，我一年要上四次阳明山。一年去四次是指春夏秋冬，春天有樱花、新枫和杜鹃，夏天有满山壁的粉色野生海棠，秋天是长茎阔叶山菊花，冬天，冬天可以在山径上找个咖啡座，坐下来独酌，在暖阳里。兴致好的话可以为每一朵过眼的白云起一个名字，例如走快的叫"碧落客"，此三字最好用粤语念，声调利落斩截，至于身体长且走得慢的叫"迤逦纱白"……

去阳明山对我有如宗教仪式，某些人去耶路撒冷，某些人一生要去一次麦加，某些人去恒河畔的瓦拉纳西。但那些城市都多么遥远啊！阳明山距我的研究室却不到十公里，他不是我的"远亲"或"近邻"，他是我的"近亲兼近邻"。

出得研究室，只见蓝天白云阵仗俨然，看来今天的好天气是玩真的了。

因为有风，只见白云一队队缓缓移防，云后面是山，山如如不动，恒定稳镇，格外衬得白云每一寸行脚都被我看得一清二楚。

山路旁的斜坡上有家小店，小店比路面又高出五米，我买了杯咖啡，一面焐手，一面低头俯瞰山路上的来往行人。

忽然来了一人，一个上了年纪的男人，穿着一件红夹克，戴着墨镜，在路上散步，他低着头，随意踢着小石子。一个闲闲的，无害的老男孩。我一面喝咖啡，一面在晴暖的阳光下看这个人。唉，这家伙我是认识他的，却不曾近距离接触过，此刻我和他的垂直距离是五米，他看不见我，他也许刚从书房出来，只想做个日光淋浴，他没有回顾，更没打算抬头望，只一径专心踢着路边的石子。

但这人在三十多年前却有一阵子带给我极大的焦灼和痛苦，而现在，一切都过去了。我从五米高的户外咖啡花园俯看他，心中无喜无嗔。

三十多年前，有一天，出版人隐地气急败坏地来找我，爬上我家四楼，他几乎是惊魂甫定：

"我告诉你，糟了，那家伙一向爱告状，这一次居然告到你头上来了。他说，要和解，可以，得拿出一百万。"

"一百万？我哪来一百万给他，我陪他到法庭上去走走就是了！"

我闻知此人雅好诉讼，他把此事看作"成本一块钱的游戏"（状纸成本售价一元）。我也没钱请律师，就自己上庭去，这家伙却没有出庭。不久，法院判决书寄来，我无罪。

他为什么告人成癖？也许为钱，也许为好玩。唉，诉讼难道真的很爽很好玩吗？而我被他选上据说是因为蒋中正死了，我写了悼念的文章，他看了不痛快，所以要安排点苦头让我尝尝。

而此刻，天如许蓝、云如许白、草如许绿、阳光如许熏暖、咖啡如许芳香的下午，我要为三十年前的法庭恩怨来心中暗咒山路上那个和我同沐于这些天宠下的家伙吗？算了，恨人也是要有力气的，此时此际，我要做的事是集中精神张开每一个毛细孔，来承受冬阳的恩膏，以及惠风的拂拭。三十年是多么漫长的岁月啊！李贺就只活了二十六岁，肺病诗人济慈的阳寿是一七九五至一八二一年，另外一个同样死于二十六岁的是初唐四杰里的王勃，不同的是他死于"溺水获救后的抑郁症"。雪莱也死于溺水，但这事如果晚二十七天才发生便可以凑成三十岁。三十年，这比某些天才一生还长的时间，也足够构成原谅或不在意的理由了吧！

这么好的晴日，我刚在道旁看到几丛肥美的山茼蒿野菜，待会儿摘他两把回去，晚餐可以煮成山蔬糙米粥，唉，人世真是如此安谧静好啊！

秋天，秋天

满山的牵牛藤起伏，紫色的小浪花一直冲击到我的窗前才猛然收势。

阳光是耀眼的白，像锡，像许多发光的金属。是哪个聪明的古人想起来以木象春而以金象秋的？我们喜欢木的青绿，但我们怎能不钦仰金属的灿白。

对了，就是这灿白，闭着眼睛也能感到的。在云里，在芦苇上，在满山的翠竹上，在满谷的长风里，这样乱扑扑地压了下来。

在我们的城市里，夏季上演得太长，秋色就不免出场得晚些。但秋是永远不会被混淆的——这坚硬明朗的金属季。让我们从微凉的松风中去认取，让我们从新刈的草香中去认取。

已经是生命中第二十五个秋天了，却依然这样容易激动。正如一个诗人说的："依然迷信着美。"

是的，到第五十个秋天来的时候，对于美，我怕是还要这样执迷的。

那时候，在南京，刚刚开始记得一些零碎的事，画面里常常出现一

片美丽的郊野，我悄悄地从大人身边走开，独自坐在草地上。梧桐叶子开始簌簌地落着，簌簌地落着，把许多神秘的美感一起落进我的心里来了。我忽然迷乱起来，小小的心灵简直不能承受这种兴奋。我就那样迷乱地捡起一片落叶。叶子是黄褐色的，弯曲的，像一只载着梦的小船，而且在船舷上又长着两粒美丽的梧桐籽。每起一阵风我就在落叶的雨中穿梭，拾起一地的梧桐籽。必有一两颗我所未拾起的梧桐籽在那草地上发了芽吧？二十年了，我似乎又能听到遥远的西风，以及风里簌簌的落叶。我仍然能看见那载着梦的船，航行在草原里，航行在一粒种子的希望里。

　　又记得小阳台上的黄昏，视线的尽处是一列古老的城墙。在暮色和秋色的双重苍凉里，往往不知什么人加上一阵笛音的苍凉。我喜欢这种凄清的美，莫名所以地喜欢。小舅舅曾带着我一直走到城墙的旁边，那些斑驳的石头、蔓生的乱草，使我有一种说不出的感动。长大了读辛稼轩的词，对于那种沉郁悲凉的意境总觉得那样熟悉，其实我何尝熟悉什么词呢？我所熟悉的只是古老南京城的秋色罢了。

　　后来，到了柳州，一城都是山，都是树。走在街上，两旁总夹着橘柚的芬芳。学校前面就是一座山，我总觉得那就是地理课本上的十万大山。秋天的时候，山容澄清而微黄，蓝天显得更高了。

　　"媛媛，"我怀着十分的敬畏问我的同伴，"你说教我们美术的龚老师能不能画下这个山？"

　　"能，他能。"

　　"能吗？我是说这座山全部。"

　　"当然能，当然，"她热切地喊着，"可惜他最近打篮球把手摔坏了，要不然，全柳州、全世界他都能画呢。"

　　沉默了好一会儿。

　　"是真的吗？"

　　"真的，当然真的。"

　　我望着她，然后又望着那座山，那神圣的、美丽的、深沉的秋山。

　　"不，不可能。"我忽然肯定地说，"他不会画，一定不会。"

　　那天的辩论会后来怎样结束，我已不记得了。而那个叫媛媛的女孩和我已经阔别了十几年。如果我能重见到，我仍会那样坚持的。

没有人会画那样的山，没有人能。

媛媛，你呢？你现在承认了吗？前年我碰到一个叫媛媛的女孩子，就急急地问她，她却笑着说已经记不得住过柳州没有了。那么，她不会是你了。没有人能忘记柳州的，没有人能忘记那苍郁的、沉雄的、微带金色的、不可描摹的山。

而日子被西风吹尽了，那一串金属性的、有着欢乐叮当声的日子。终于，人长大了，会念《秋声赋》了，也会骑在自行车上，想象着陆放翁"饱将两耳听秋风"的情怀了。

秋季旅行，相片册里照例有发光的记忆。还记得那次倦游回来，坐在游览车上。

"你最喜欢哪一季呢？"我问芷。

"秋天。"她简单地回答，眼睛里凝聚了所有美丽的秋光。

我忽然欢欣起来。

"我也是，啊，我们都是。"

她说了许多秋天的故事给我听，那些山野和乡村里的故事。她又向我形容那个她常在它旁边睡觉的小池塘，以及林间说不完的果实。

车子一路走着，同学沿站下车，车厢里越来越空虚了。

"芷，"我忽然垂下头来，"当我们年老的时候，我们生命的同伴一个个下车了，座位慢慢地稀松了，你会怎样呢？"

"我会很难过。"她黯然地说。

我们在做什么呢？芷，我们只不过说了些小女孩的傻话罢了，那种深沉的、无可如何的摇落之悲，又岂是我们所能了解的。

但，不管怎样，我们一起躲在小树丛中念书，一起说梦话的那段日子是美的。

而现在，你在中部的深山里工作，像传教士一样地工作着，从心里爱那些朴实的山地灵魂。今年初秋我们又见了一次面，兴致仍然那样好，坐在小渡船里，早晨的淡水河还没有揭开薄薄的蓝雾，橹声琅然，你又继续你的山林故事了。

"有时候，我向高山上走去，一个人，慢慢地翻越过许多山岭。"你说，"忽然，我停住了，发现四壁都是山！都是雄伟的、插天的青色！我吃惊地站着，啊，怎么会那样美！"

我望着你，芷，我的心里充满了幸福。分别这样多年了，我们都无恙，我们的梦也都无恙——那些高高的山！不属于地平线上的梦。

而现在，秋在我们这里的山中已经很浓很白了。偶然落一阵秋雨，薄寒袭人，雨后常常又现出冷冷的月光，不由人不生出一种悲秋的情怀。你那儿呢？窗外也该换上淡淡的秋景了吧？秋天是怎样地适合故人之情，又怎样地适合银银亮亮的梦啊！

随着风，紫色的浪花翻腾，把一山的秋凉都翻到我的心上来了。我爱这样的季候，只是我感到我爱得这样孤独。

我并非不醉心春天的温柔，我并非不向往夏天的炽热，只是生命应该严肃、应该成熟、应该神圣，就像秋天所给我们的一样——然而，谁懂呢？谁知道呢？谁去欣赏深度呢？

远山在退，遥远地盘结着平静的黛蓝。而近处的木本珠兰仍香着，香气真是一种权力，可以统辖很大片的土地。溪水从小夹缝里奔窜出来，在原野里写着没有人了解的行书，它是一首小令，曲折而明快，用以描绘纯净的秋光的。

而我的扉页空着，我没有小令，只是我爱秋天，以我全部的虔诚与敬畏。

愿我的生命也是这样的，没有大多绚丽的春花、没有太多飘浮的夏云、没有喧哗、没有旋转着的五彩，只有一片安静纯朴的白色，只有成熟生命的深沉与严肃，只有梦，像一树红枫那样热切殷实的梦。

秋天，这坚硬而明亮的金属季，是我深深爱着的。

山的春、秋记事

山坳里的春之画展

春天，我们应邀去看画展，邀请的人是太鲁阁公园管理处的处长，但我宁可视他为画廊经纪人。据说上一档展出的是油菜花，这一档则是桃花，作者都是同一个，名字叫"造化"。作者的脾气一向执拗，从来不肯宣布确实的展期，你只能约略知道似乎有动静了，甚至快要揭幕了，正在大家奔走相告猜疑不定之际，忽然某个晴和的早晨，繁花满畦，你知道展览已经开始了。

其实更应该一提的也许是这画廊，百仞青山，千里涧水，勤读的清风翻阅每一页翠绿，照明设备则只架两盏大灯，白天的那盏叫太阳，晚上的那盏叫月亮，终年展出，日夜不休。

只是画廊太长、太大、太深，这等手笔太不符合经济效益了吧？我们从清晨出发，一路走到中午，桃花才迟迟来入眼——令人惊喜的是上一档的油菜花尚未完全收起，这一档的桃花已经推出。桃花挂得高些，油菜花铺得低些，一个展览场竟作两番同步的展出，构想倒也新奇大胆。

这个地方叫陶塞村，和陶塞溪的河床相去不远，两个地方倒好像历史上的李白与杜甫或者苏东坡与姜白石，因为有其同样优美的才质，所以不知不觉拼命追求相异的面貌：

陶塞村在四月是粉红色的寝宫，桃花林下一路行来，只觉淡淡的胭脂在眉颊在歌啸在若有若无的风里晕开。

陶塞溪则相反，唯恐色调不够沉郁浑厚：黑色的巨石森森垒垒，起先你不知道何以要下笔如此滞重？及至坐久了，看那鲜碧如琉璃的急流一路喷沫含烟地往前蹿去，不免顿悟，非如此老老实实的纯洁黑色不足以托住那跳脱如仙裙的薄绿。

陶塞村的路径曲曲折折地往山头蜿蜒。

陶塞溪的水流一去无悔地往低处倾泻。

陶塞村是施了法的城堡，桃花在幻象中且开且落，寂然无声。连蜂媒蝶使也都似着了魔法，在催眠状态下往往返返。

陶塞溪却是一首永不歇拍的哗然的长歌。水是永不迸断的琴弦，山是永不摧坏的雁柱。一切凹入的岩穴谷地皆成共鸣箱，一切奇拔突起的山势皆如鼓钹镗锗，沸然扬声。

陶塞村与陶塞溪是如此相倚相重，而又如此刻意相反相成——如果你只识其中一个会觉得两者各自浑然无暇，但如果认识了两个，便不免觉得两者如果少掉一个必是憾事。陶塞溪是护城河，圈住山头一片美的营垒，没有陶塞溪则城池不固。而桃花则是故垒中的公主，有了她，陶塞溪守护的职守才有其可以夸称的意义。

桃花其实年年重复，但却无一枝无一朵无一瓣无一蕊抄袭旧作。我见桃下有块苔痕斑斑的大石，便把麂皮旅行袋权作枕头横卧仰观，同伴因贪看溪景一时未至，我便独霸整个桃林的风光。桃花宜平视，亦宜仰望，平观是艳色滟潋，仰观则成法相庄严。当然，如果乘坐小飞机俯视亦无不可，但俯视却有点像神话故事里的云端童子，对着人间转眼零落的繁红盛绿，恐怕总不免悯然有泪吧？

——所以最好的应该是仰视了。闻说大匠米开朗琪罗一生画教堂壁画，画到圆穹高处，只好翻身仰首而画，及至晚年，竟成习惯性的"仰面人"。人生能留下这样一个姿势，真是够凄凉也够豪壮了。

仰看桃花弥天漫地，在这悠悠如青牛的大石上，我觉得自己既是置身花事之中，又仿佛置身花事之外。繁花十里如火如炽之际，亦自娴静贞定。那红色真红得危险，那桃红再加热一度即可焚身，再冷凝一度又不免道学气，这四月桃花却行险侥幸，刚好在其间得大优游大自在。诗经中的桃花是男婚女嫁的情缘，民间传说中的桃枝却又可以驱鬼，而在王母娘娘的果园里垂其芬郁圆熟的也是此桃，想来这桃竟是可仙可道可以入世亦可以伏魔的异物。

故事中的汉武帝在七月七日深夜得见西王母，吃了二枚桃子，悄悄留下桃核想要去种，西王母笑了（大约还带着促狭的神气吧！），她说："那桃三千年才结一次哩！你留着种子干什么？"

对于渴望成仙不朽的汉武帝而言，一切都来不及了，三千年结一次的桃，不是凡人可种来吃的。想来三千年间应该是一千年成树，二千年著花，三千年结果吧？假如当年汉武帝不甘心之余仍然偷偷在海上仙山种下它，至今刚好二千年，我该刚好赶上看了吧？其实仙桃之花也无非等于今年四月村子里此时此刻的桃花，或者此花本即仙种吧？但慧绝亦复痴绝的凡人刘彻呵，他为什么始终不能明白，人的不朽不在于食桃，而在于定目凝视那万千纷纭起落之余的一念敬畏。人能一旦震慑于美的无端无涯，慑服于生命的涌动生发，亦即他终于近道之刹那了。

一阵风过处，汉唐渐远，急红入眼，一照面之下彼此都知道对方是过眼的繁华吧？至于那乱落入书的，和诗行互映互衬之余都了解自己是宿慧一现吗？而桃花终于成为书本上的朱砂手批。桃花也是整个中国山川的点点朱批吧？

下山以后，电话里蒋勋说："我一直记得那条路，那天你的车在前，我的车在后，你斜歪着身子坐在后座，衣服在树下隐隐泛蓝，让我想起从前在台湾乡下，女孩子穿件蓝布衣裳，被人载着去出嫁。"

"他什么不好想，却想到要我去出嫁？"电话里我跟慕容转述，一面大笑，"我那时坐在人家摩托车后座，左边是时有落石的峭壁，右边是万丈深渊，自危都来不及呢！怎么会像出嫁！哎，而且叫我嫁给谁呢？嫁给春天呐？"

关于四月，关于桃花，每次在我乍然想起，几乎怀疑它们是虚构情节的时候，因为有朋友那番话，使我相信它是确实发生过的。

站在因月光而超载的危桥上

那地方叫文山，我们当时都站在吊桥上，一边一排，两相对立。月亮升上来，山林隐隐骚动起来，事情就这么单纯，可是我们却哗然一声静了下来，我说哗然，是因为那凝静里有着更巨大的喧哗。

使万物清朗的是秋天，化幽隐为透明的是满月，桥因超载月光而成为危桥，但我深深爱上那份危险。

我们站在吊桥上，你知道，所谓吊桥，就是一侧有山，另一侧也有山，而且下面还有溪涧深渊的那种东西。当时月亮亮得极无情，水亦流得极刚猛决然，人在桥上，虽然仗着人多势众，也不得不惶然凄然。我觉得自己像一只蜘蛛，垂悬在上不着天，下不着地的太虚里，不同的是蜘蛛自己结网，我却只能把生命交给那四根铁索。铁索微微晃荡，我也并不觉得不踏实，生命多少是一场走钢索，别人替你不得，别人扶你不得，你只能要求自己在极惊险的地方走得极漂亮稳当。和钢索相比，吊桥已够舒坦。山和山是安定的名词，吊桥是其间诚恳的连接词，而我，我是那欲有所述的述语。

只是一群人，只是一群人站在深山的吊桥上，只是那天晚上刚好有秋天圆满的月亮——就这么简单，可是，不止啊，我说不清楚，我能说的只是舞台布景，至于述之不尽的满溢的悲喜和激情，却又如何细说？

记得有次坐火车慢车赴屏东，车上有个枯干憔悴的男人，看样子是山地人，而且智力显然有障碍。但因他只自顾自地咿咿喔喔而并无攻击性，大家也就各自打盹发呆不去理他。不料忽然之间，车子一转，天际出现一道完整的彩虹，仿佛天国的拱门，万种华彩盈眉喷面而来。可怜那男子一跃而起，目瞪口呆，他在一个车厢里喜得前奔到后，后奔到前，去拉每个乘客的衣服，嘴里只会"啊——啊啊——啊——啊"的狂呼，手指却兴奋发抖反复直指那道长虹，他要每个人知道这件开天辟地以来的第一次神迹。

知识有什么用呢？知识使人安然夷然，说：

"这是虹，因阳光折射而成，包含七种颜色。"

而那男子却因无知无识，亦无一个词眼，一个句子可用，因而反倒可以手指直呼，直逼真相。他不假任何知识或成见去认识虹，他更没有本领向任何人讲述虹的知识，他当时大惊小怪，在车厢里失态乱叫的语言如果翻译出来也只是："快看、快看，我看到一个东西很好看，你也快看！"

但不知为什么，以后每看到虹，一切跟虹有关的诗歌、神话、传说都退远了，只剩那智障男子焦虑乱促的叫声，仿佛人被逼急了，不得不做出的紧急反应，他被什么所逼呢？是被那一道艳于一道的七叠美丽吗？

和那男子相比，我也有智力障碍吧？此时此际，月出自东山，月涌于深涧，众人在月下站着，亦复在月上站着。我欲寻一语不得，恨不得学那人从桥头跑到桥尾，从桥尾奔回桥头，手指口呼，用最简单最原始的"啊——啊啊——啊"来向世人直指这一片澄澈的天心。

又记得小时候和同伴月下嬉玩，她忽然说：

"你不可以指月亮，不然手指头会烂。"

"胡说！"我有点生气，"不信你明天看我手指烂不烂。"

当时虽然嘴硬，心里却不免兀自害怕，第二天看看自己十指俱全，竟有点劫后余生的欣喜。

事隔多年，如果今天再有孩子来问我，我会说：

"月亮可以用手指头'指'，但万万不可以用言语'指'述。"

真的不可指述，因为一说便错。

所以颠来倒去，我只能反复说，曾有一个晚上，秋月圆满无憾，有一群人站在群山万壑之间的一线凌虚架空的吊桥上。当时，桥上是月，桥下亦是月。（如果要列得更明细一点，桥上的月是固体的，桥下的月是流体的，反映在眉目衣袂间的则是气体的玉辉。）众人哑然，站在那条挂在两山间的悬空吊桥上，一如他们的一生，吊在既往和未知之间扯紧的枯绳上。

神出鬼没的山

如果我说"那些神出鬼没的山"，你会以为我在撒谎吗？

古人用词，实在有其大手段，例如他们喜欢用"明灭"。像王维说"寒山远火，明灭林外"倒还合理。韦应物诗"寒树依微远天外，夕阳明灭乱流中"也说得过去。但像杜甫说"回首凤翔县，旌旗晚明灭"就不免有印象派的画风，旗帜又不是发光体，如何忽明忽暗？柳宗元的游记大着胆子让风景成为"斗折蛇行，明灭可见"，朱敦儒的词更认为"千里水天一色，看孤鸿明灭"，仿佛那只鸟也带着闪光灯似的。

大概凡是美的事物，都有其闪烁迷离的性格，不但夕阳远火可以明灭，一切人和物都可以在且行且观的途中乍隐乍现，忽出忽没，而它的动人处便在这光线和形体的反复无常吧？山势亦然，闪烁飘忽处，竟如武林高手在逞其什么怪异的扑朔迷离的游走身法。你欲近不得欲远不得，忽见山如伏虎，忽闻水如飞龙。你如想拿笔记录，一阵云来雾往，仿佛那性格古怪的作者，写不上两行就喜欢涂上一堆"立可白"，把既有的一切来个彻底否认。一时之间山不山，水不水，人不人，我不我，叫人不仅对山景拿捏不定，回头对自己也要起疑了。

所以，如果我说那"神出鬼没的山"，其实是很诚实的。

那天清晨，来到这断崖崩壁前，朋友们拿起画笔时，我心里充满恶作剧的欲望。

"我在想，如果找到一根大棍子，我把你们每个人一棒槌打昏放在大麻袋里，神不知鬼不觉地把你们拖来这山上，"我一面说，一面盘算，自己高兴得大笑大叫，"然后骗你们说你们被绑架了，这里是四川了，这里便是李白《蜀道难》里'连峰去天不盈尺……砅崖转石万壑雷'的绝高绝美的地方，我相信你们个个都会相信。我骗你们说这里是'峨嵋天下秀'，我骗你们说，这里就是'可以横绝峨嵋巅'的地方，你们绝对会相信，只要我找到一根大棍子，把你们一个个先打昏……"

"你这人也真奇怪，好端端的，为什么满心只想找根大棍子把我们一个个打昏？……"蒋勋说得无限委屈，好像我真的手里握着大棍子似的。

对啊，我为什么如此杀气腾腾？只因在山里住了几天，就平添出山大王的草莽气味来了吗？不对，不对，我这根大棍子非比寻常，是老僧手里那"棒喝"之棒。一棍下去，结结实实，让人经过"震荡"以后，整个惊醒过来。我其实哪里是要打他们，我只是生气有人活到今天还不知道自己身在台湾可以纵目看到一流山水，我是个不时拿棒子打自己的人，我时时问自己：

"你能不能放弃那个旧我和旧经验，用全新的眼睛来看这个世界？"

巨幅的悬崖近乎黑色，洁净无瑕，和山民的皮肤同色调同肌理，看来是系出一个血源了。山与山耸立，森鼿鼿如铜浇铁铸，但飞奔的碧涧却是个一缰在握的少年英雄，横冲直撞，活活地把整片的山逼得左右跳开，各自退出一丈远，一条河道于是告成。但这场战争毕竟也赢得辛苦，满溪都是至今犹腾腾然的厮杀的烟尘和战马的喷沫……

同伴写生，我则负责发愣发痴，对于山水，我这半生来做的事也无非只是发愣发痴而已——也许还加一点反刍。其实反刍仍等于发愣，是对昨日山水的发愣，坐在阳光下，把一路行来的记忆一茎一茎再嚼一遍，像一只馋嘴的羊。我想起白杨瀑布，竟那样没头没脑从半天里忽然浇下一注素酒，你看不出是从哪一尊壶里浇出来的，也看不懂它把琼浆玉液都斟酌到哪里去了。你只知道自己看到那美丽的飞溅，那在醉与不醉间最好的一段醺意。我且想起，站在桥墩下的巨石上，看野生的落花寂然坠水。我想起，过了桥穿岩探穴，穴中山泉如暴雨淋得人全身皆湿，而岩穴的另一端是一堵绿苔的长城，苔极软极厚极莹碧，那堵苔墙同时又是面水帘，窄逼的山径上，我拼命培养自己的定力，真怕自己万一被那鲜绿所惊所惑，失足落崖，不免成了最离奇的山难事件。我想起当时因为裙子仍湿，坐在那里晒太阳，一条修炼得身躯翡翠通碧的青蛇游移而来。阳光下，它美丽发亮如转动的玉石，如乍惊乍收的电光，我抬起脚来让它走，它才是真正的山岳之子，我一向于蛇了无恐惧，我们都不过是土地的借道者。

想着想着，阳光翕然有声，阳光下一片近乎透明的红叶在溪谷里被上升的气流托住了，久久落不下去，令人看着看着不免急上心来，不知它怎么了局？至于群山，仍神出鬼没，让人误以为他们是动物，并且此刻正从事大规模的迁移。

终于有人掷了画笔说：

"不画了，算了，画不成的。"

其他几个人也受了感染，一个个仿佛找到好借口，都把画笔收了。我忽然大生幸灾乐祸之心，嘿嘿，此刻我不会画画也不算遗憾了，对着这种山水，任他是谁都要认输告饶的。

负责摄影的似乎比较乐观，他说：

"照山，一张是不行的，我多照几张拼起来给你们看看。"

他后来果真拼出一张大山景，虽然拼出来也不怎么样——我是指和真的山相比。

我呢，我对山的态度大概介乎两者之间吧，认真地说，也该掷笔投诚才行，但我不免仍想用拼凑法，东一角，西一角，或者勉强能勾山之魂，摄水之魄吧？让一小撮山容水态搅入魂梦如酒曲入瓮，让短短的一生因而甘烈芳醇吧！

放尔千山万水身

从书桌前，我抬起头来，天际红霞涌现，盛夏的黎明是如此干净剔透。我平时很少早起，一时之间，不免被这样的美丽镇住了。其实，今天我也没有早起，而是晚睡，我整夜没睡。

这一年，是一九八一年。啊，如果岁月也有其容颜，我愿编荷花为冠冕，戴在那一年的眉额之上，那是多么光华四射的日子啊！

我不是没有出去过，我已去过马来西亚、美国和欧洲，但都是去演讲。而像我这种"愣子性格"，答应演讲就真的去演讲，顺便看一眼明山秀水也是有的，但叫我虚晃一招，假演讲之名去流连游玩，我觉得不算好汉行径。既然大家都不能出去观光，本姑娘也不打算偷偷开跑，独享特权。"不偷跑"政策也许有点好笑，可是，我就是这样想的。

所以，这天早晨，才是我第一次出去观光。至于彻夜未眠，倒不是因为兴奋，而是因为赶着在行前把编撰的一本书的稿子交出来。

我们要去的地方是印度和尼泊尔。啊！唐三藏的旅程，孙悟空的旅程，我们也要去走它一圈！不为取经，只为玩！可怜故事里的唐三藏一路行行躲躲，唯恐有妖怪来吃他的肉。可怜孙悟空一路打妖怪打得手都长茧了吧？而我们一行却谈笑把盏，驾云直达，何等惬意。

由于这趟旅程，我交到了知己好友。由于这趟旅程，我体会了东方古国的华艳富丽和肮脏赤贫，至美难踪和丑恶污烂。恒河之畔，有人在光天化日之下架火焚烧死尸，浓浊的黑烟中，我惊愕地想起少年时代才会穷思不舍的生命和死亡的谜题。在璀璨如用月光为建材而砌成的泰吉·玛哈尔陵前，望着身披玉色缥纱的印度姝女，不禁要想爱情是什么？美丽是什么？死别是什么？权力又是什么？

好的旅游，不仅带人去远方，而且带人回到最深层的内心世界。

二十年过去了，这段时间，我又去过许多地方，像新西兰，像澳大利亚，像蒙古国，像巴厘岛……但如果有人问我最喜欢旅行中的哪个部分，我会说，我喜欢回程时飞机轮胎安然在跑道上着陆的那一刹那。那么笃定的归来的感觉。终于，回到自家的土地上来了，这地球的象限中我最最钟爱最最依恋的坐标点。

唐代有个姓吉的诗人曾写过一句诗："放尔千山万水身。"意思是说，放纵你那原来属于千山万水的生命而重回到千山万水中去吧！

有趣的是，这首诗其实是首放生的诗，诗人放了一只猿猴，叫它回归千山万水去。我虽然不是猿猴，但我极喜欢这首诗，仿佛它是为我写的。人类在某种程度上也是一只亟待放生的生物，旅行，至少提供了片刻的放生。大约，在我们灵魂深处都残存着千年万年的记忆，对深山大泽和朝烟夕岚的记忆，需要我们行遍天涯去将之一一掇拾回来——因此，能出去走走是多么好的事啊！是的，放尔千山万水身吧！

种种有情。

天地也无非是风雨中的一座驿亭，人生也无非是种种羁心绊意
的事和情，能题诗在壁总是好的！

初绽的诗篇

白莲花

二月的冷雨浇湿了一街的路灯，诗诗。

生与死，光和暗，爱和苦，原来都这般接近。

而诗诗，这一刻，在待产室里，我感到孤独，我和你，在我们各人的世界里孤独，并且受苦。诗诗，所有的安慰，所有怜惜的目光为什么都那么不切实际？谁会了解那种疼痛，那种曲扭了我的身体，击碎了我的灵魂的疼痛，我挣扎，徒然无益地哭泣。诗诗，生命是什么呢？是崩裂自伤痕的一种再生吗？

雨在窗外，沉沉的冬夜在窗外，古老的炮仗在窗外，世界又宁谧又美丽，而我，诗诗，何处是我的方向？如果我死，这将是我躺过的最后一张床，洁白的，隔在待产室幔后的床。我留我的爱给你，爱是我的名字，爱是我的写真。有一天，当你走过蔓草荒烟，我便在那里向你轻声呼喊——以风声，以水响。

诗诗，黎明为什这样遥远，我的骨骼在山崩，我的血液在倒流，我的筋络像被灼般地揪起，而诗诗，你在哪里？他们推我入产房，诗诗，人间有比这更孤绝的地方吗？那只手被隔在门外——那终夜握着我的手，那多年前在月光下握着我的手。他的目光，他的祈祷，他的爱，都被关在外面，而我，独自步向不可测的命运。

所有的脸退去，所有的往事像一只弃置的牧笛。室中间，一盏大灯俯向我仰起的脸，像一朵倒生的莲花，在虚无中燃烧着千层洁白。花是真，花是幻，花是一切，诗诗。

今夜太长，我已疲倦，疲于挣扎，我只想嗅嗅那朵白莲花，嗅嗅那亘古不散的幽香。花是你，花是我，花是我们永恒的爱情，诗诗。

四月的迷迭香

似乎是四月，似乎是原野，似乎是蝶翅乱扑的花之谷。

"呼吸，深深地呼吸吧！"从遥远的地方，有那样温柔的声音传来。

我在何处，诗诗，疼痛渐远，我听见金属的碰撞声，我闻着那样沁人的香息。你在何处，诗诗。

"用力！已经看见头了！用力！"诗诗，我是星辰，在崩裂中涣散。而你，诗诗，你是一颗全新的星，新而亮，你的光将照彻今夜。

诗诗，我望着自己，因汗和血而潮湿的自己，忽然感到十字架并不可怕，髑髅地并不可怕，荆棘冠冕并不可怕，孤绝并不可怕——如果有对象可以爱，如果有生命可为之奉献，如果有理想可前去流血。

"呼吸，深深地呼吸。"何等的迷迭香，诗诗，我就浮在那样的花香里，浮在那样无所惧的爱里。

早晨已经来，万象寂然，宇宙重新回到太古，混沌而空虚，只有迷迭香，沁人如醉的迷迭香，诗诗，你在哪里？我仍清楚地感到手术刀的宰割，我仍能感到温热的血在流，血，以及泪。

我仍感觉到我苦苦的等待。

歌手

像高悬的瀑布，你猝然离开了我。

"恭喜啊，是男孩。""谢谢。"我小声地说，安慰，而又悲哀。

我几乎可以听到他们剪断脐带的声音，我们的生命就此分割了，分割了，以一把利剪。诗诗，而今而后，虽然表面上我们将住在一个屋子里，我将乳养你，抱你，亲吻你，用歌声送你去每晚的梦中，但无论如何，你将是你自己了。你的眼泪，你的欢笑，都将与我无关，你将扇动你自己的羽翼，飞向你自己的晴空。

诗诗，可是我为什么哭泣，为什么我老想着要挽回什么。

世上有什么角色比母亲更孤单，诗诗，她们是注定要哭泣的，诗诗，容我牵你的手，让我们尽可能地接近。而当你飞翔时，容我站在较高的山头上，去为你担心每一片过往的云。

他们为什么不给我看你的脸，我疲惫地沉默着。但忽然，我听见你的哭。那是一首诗，诗诗。这是一种怎样的和谐呢？啼哭，却充满欢欣，你像你的父亲，有着美好的 tenor（男高音）嗓子，我一听就知道。而诗诗，我的年幼的歌手，什么是你的主题呢？一些赞美？一些感谢？一些敬畏？一些迷惘？但不管如何，它们感动了我，那样简单的旋律。诗诗，让你的歌持续，持续在生命的死寂中。诗诗，我们不常听到流泉，我们不常听到松风，我们不常有伯牙，不常有瓦格纳，但我们永远有婴孩。有婴孩的地方便有音乐，神秘而美丽，像传抄自重重叠叠的天外。

诗诗，歌手，愿你的生命是一支庄严的歌，有声，或者无声，去充满人心的溪谷。

丁大夫和画

丁大夫来自很远的地方，诗诗，很远很远的爱尔兰，你不曾知道他，他不曾知道你。当他还是一个吹着风笛的小男孩，他何尝知道半个世纪以后，他将为一个黑发黑睛的孩子引渡？诗诗，是一双怎样的手安排他成为你所见到的第一张脸孔？他有多么好看的金发和金眉，他和善的眼神和红扑扑的婴儿般的脸颊使人觉得他永远都在笑。

当去年初夏，他从化验室中走出来，对我说"恭喜你"的时候，我真想吻他的手。他明亮的浅棕色的眼睛里充满了了解和美善，诗诗，让我们爱他。

而今天早晨，他以钳子钳你巨大的头颅，诗诗，于是你就被带进世界。当一切结束，终夜不曾好睡的他舒了一口气。有人在为我换干净的褥单，他忽然说："看啊，我可以到巴黎去，我画得比他们好。"满室的护士都笑了，我也笑，忽然，我才发现我疲倦得有多么厉害。

他们把那幅画拿走了，那幅以我的血我的爱绘成的画，诗诗，那是你所见的第一幅画，生和死都在其上，诗诗，此外不复有画。

推车，甜蜜的推车，产房外有忙碌的长廊，长廊外有既忧苦又欢悦的世界，诗诗。

丁大夫来到我的床边，和你愕然的父亲握手。

"让我们来祈祷。"他说。合上他厚而大的巴掌——那是医治者的掌，也是祈祷者的掌，我不知道我更爱他的哪一种掌。

　　上帝，我们感谢你，

　　因为你在地上造了一个新的人，

　　保守他，使他正直，

　　帮助他，使他有用。

诗诗，那时，我哭了。

诗诗，二十七年过去，直到今晨，我才忽然发现，什么是人，我才了解，什么是生存，我才彻悟，什么是上帝。

诗诗，让我们爱他，爱你生命中第一张脸，爱所有的脸——可爱的，以及不可爱的，圣洁的，以及有罪的，欢愉的，以及悲哀的。直爱到生命的末端，爱你黑瞳中最后的脸。

诗诗。

红樱

无端地，我梦见夹道的红樱。

梦中的樱树多么高，多么艳，我的梦遂像史诗中的特洛伊城，整个地被燃着了，我几乎可以听见火焰的劈啪声。

而诗诗，我骑一辆跑车，在山路上曲折而前。我觉得我在飞。

于是，我醒来，我仍躺在医院白得出奇的被褥上。那些樱花呢？那些整个春季里真正只能红上三五天的樱瓣呢？因此就想起那些山水，那些花鸟，那些隔在病室之外的世界。诗诗，我曾狂热地爱过那一切，但现在，我却被禁锢，每天等待四小时一次的会面，等待你红于樱的小脸。

当你偶然微笑，我的心竟觉得容不下那么多的喜悦，所谓母亲，竟是那么卑微的一个角色。

但为什么，当我自一个奇特的梦中醒来，我竟感到悲哀。春花的世界似乎离我渐远了，那种悠然的岁月也向我挥手作别。而今而后，我只能生活在你的世界里，守着你的摇篮，等待你的学步，直到你走出我的视线。

我闭上眼睛，想再梦一次樱树——那些长在野外，临水自红的樱树，但它们竟不肯再来了。

想起十六岁那年，站在女子中学的花园里所感到的眩晕。那年春天，波斯菊开得特别放浪，我站在花园中间，四望皆花，真怕自己会被那些美所击昏。

而今，诗诗，青春的梦幻渐渺，余下唯一比真实更真实，比美善更美善的，那就是你。

但诗诗，你是什么呢？是我多梦的生命中最后的一梦吗？祝福那些仍眩晕在花海中的少年，我也许并不羡慕他们。但为什么？诗诗，我感到悲哀，在白贝壳般的病房中，在红樱亮得人眼花的梦后。

在静夜里

你洞悉一切，诗诗，虽然言语于你仍陌生。而此刻，当你熟睡如谷中无风处的小松，让我的声音轻掠过你的梦。

如果有人授我以国君之荣，诗诗，我会退避，我自知并非治世之才。如果有人加我以学者之尊，我会拒绝，诗诗，我自知并非渊博之士。

但有一天，我被封为母亲，那荣于国君尊于学者的地位，而我竟接受，诗诗。因此当你的生命在我的腹中被证实，我便惶然，如同我所孕育的不只是一个婴儿，而是一个宇宙。

世上有何其多的女子，敢于自卑一个母亲的位分，这令我惊奇，诗诗。

我曾努力于做一个好的孩子，一个好的学生，一个好的教师，一个好的人。但此刻，我知道，我最大的荣誉将是一个好的母亲。当你的笑意，在深夜秘密的梦中展现，我就感到自己被加冕。而当你哭，闪闪的泪光竟使东方神话中的珠宝全为之失色。当你的小膀臂如藤萝般缠绕着我，每一个日子都是神圣的母亲节。当你晶然的小眼望着我，遍地都开着五月的康乃馨。因此，如果我曾给你什么，我并不知道。我只知道，你给我的令我惊奇，令我欢悦，令我感戴。想象中，如果有一天你已长大，大到我们必须陌生，必须误解，那将是怎样的悲哀。故此，我们将尽力去了解，认识你，如同岩滩之于大海。我愿长年地守望你，熟悉你的潮汐变幻，了解你的每一拍波涛。我将尝试着同时去爱你那忧郁沉静的蓝和纯洁明亮的白——甚至风雨之夕的灰浊。

如果我的爱于你成为一种压力，如果我的态度过于笨拙，那么，请你原谅我，诗诗，我曾诚实地期望为你做最大的给付，我曾幻想你是世间最幸福的孩童。如果我没有成功，你也足以自豪。

我从不认为"天下无不是的父母"，如果让全能者来裁判，婴儿永远纯洁于成人。如果我们之间有一人应向另一人学习，那便是我。帮助我，孩子，让我自你学习人间的至善。我永不会要求你顺承我，或者顺承传统，除了造物者自己，大地上并没有值得你顶礼膜拜的金科玉律。世间如果有真理，那真理自在你的心中。

若我有所祈求，若我有所渴望，那便是愿你容许我更多爱你，并容许我向你支取更多的爱。在这无风的静夜里，愿我的语言环绕你，如同远远近近的小山。

如果你是天使

如果你是天使，诗诗，我怎能想象如果你是天使。

若是那样，你便不会在夜静时啼哭，用那样无助的声音向我说明你的需要，我便不会在寒冷的冬夜里披衣而起，我便无法享受拥你在我的双臂中，眼见你满足地重新进入酣睡的快乐。

如果你是天使，诗诗，你便不会在饥饿时转动你的颈子，嗷着小嘴急急地四下索乳。诗诗，你永不知道你那小小的动作怎样感动着我的心。

如果你是天使，在每个宁馨的午觉后，你便不会悄无声息地爬上我的大床，攀着我的脖子，吻我的两颊，并且咬我的鼻子，弄得我满脸唾津，而诗诗，我是爱这一切的。

如果你是天使，你不会钻在桌子底下，你便不会弄得满手污黑，你便不会把墨水涂得一脸，你便不会神通广大地把不知何处弄到的油漆抹得一身，但，诗诗，每当你这样做时，你就比平常可爱一千倍。如果你是天使，你便不会扶着墙跌跌撞撞地学走路，我便无缘体会倒退着逗你前行的乐趣。而你，诗诗，每当你能够多走几步，你便笑倒在地，你那毫无顾忌的大笑，震得人耳麻，天使不会这些，不是吗?

并且，诗诗，天使怎会有属于你的好奇，天使怎会蹲在地下看一只细小的黑蚁，天使怎会在春天的夜晚讶然地用白胖的小手，指着满天的星月，天使又怎会没头没脑地去追赶一只笨拙的鸭子，天使怎会热心地模仿邻家的狗吠，并且学得那么酷似。

当你做坏事的时候，当你伸手去拿一本被禁止的书，当你蹑着脚走近花钵，你那四下转动眼球的神色又多么令人绝倒，天使从来不做坏事，天使温顺的双目中永不会闪过你做坏事时那种可爱的贼亮，因此，天使远比你逊色。

而每天早晨，当我拿起手提包，你便急急地跑过来抱住我的双腿，你哭喊、你撕抓，作无益的挽留——你不会如此的，如果你是天使——

但我宁可你如此，虽然那是极伤感的时刻，但当我走在小巷里，你那没有掩饰的爱便使我哽咽而喜悦。

如果你是天使，诗诗，我便不会听到那样至美的学话的"呀呀"，我不会因听到简单的"爸爸""妈妈"而泫然，我不会因你说了串无意义的音符便给你那么多亲吻，我也不会因你在"爸妈"之外，第一个会说的字是"灯"便肯定灯是世间最美丽的东西。

如果你是天使，你绝不会唱那样难听的歌，你也不会把小钢琴敲得那么刺耳，不会撕坏刚买的图画书，不会扯破新买的衣服，不会摔碎妈妈心爱的玻璃小鹿，不会因为一件不顺心的事而乱蹬着两条结实的小腿，并且把小脸涨得通红。但为什么你那小小的坏事使我觉得可爱，使我预感到你性格中的弱点，因而觉得我们的接近，并且因而觉得宠爱你的必要。

也许你会有更清澈的眼睛，有更红嫩的双颊，更美丽的金发和更完美的性格——如果你是天使。但我不需要那些，我只满意于你，诗诗，只满意于人间的孩童。

让天使们在碧云之上鼓响他们快乐的翅，我只愿有你，在我的梦中，在我并不强壮的臂膀里。

贝展

让我们去看贝壳展览，诗诗，让我们去看那光彩的属于海上的生命。

而海，诗诗，海多么遥远，那吞吐着千浪的海，那潜藏着鱼龙的海，那使你母亲的梦境为之芬芳的海。海在何处？诗诗，它必是在千山之外，我已久违了那裂岸的惊涛，我已遗忘了那溺人的柔蓝，眼前只有贝，只有博物馆灯下的彩晕向我见证那澎湃的所在。

诗诗！这密雨的初夏，因一室的贝壳而忧愁了，那些多色的躯壳，似乎只宜于回响一首古老的歌，一段被人遗忘的诗。但人声嘈杂，人潮汹涌，有谁回顾那曾经蠕动的生命，有谁怜惜那永不能回到海中的旅魂。

而你，你童稚的黑睛中只曾看见彩色的斑斓，那些美丽于你似乎并不惊奇，所有的美好，在你都是一种必然，因你并不了解丑陋为何物。丑陋远在你的经验之外。从某一个玻璃柜走过，我突然驻足不前，那收藏者的名字乍然刺痛了我，那曾经响亮的名字如今竟被压在一列寂寞的贝壳之下，记得他中年后仍炯然的双目，他的多年来仍时常夹着激愤的声音，但数年不见，何图竟在冷冷的玻璃板下遇见他的名字，想着他这些年的岁月，心中便凄然，而诗诗，你不会懂得这些——当然，也许有一天你会懂。啊，想到你会懂，我便欲哭。当初我的母亲何尝料到我会懂这一切，但这一天终会来的，伊甸园的篱笆终会倾倒。

且让我们看这些贝，诗诗，这些空洞的躯壳多么像一畦春花，明艳而闪烁。看那碎红，看那皎白，看那沉紫，看那腻黄，诗诗，看那悲剧性的生命。

六月的下午，诗诗，站在千形的贝前，我们怎得不垂泪，为死去的贝，为老去的拾贝人，为逸去的恋海的梦。

诗诗，不要抬起你惊异的小眼，不要探询，且把玩这一枚我为你买的透明的小贝。有一天，或许一天，我们把它带回海边，重放它入那一片不损不益的明蓝。

蝉鸣季

七月了，诗诗。蝉鸣如网，撒自古典的蓝空，蝉鸣破窗而来，染绿了我们的枕席。

诗诗，你的小嘴吱然作声，那么酷似地模仿着，像模仿什么美丽的咏叹调。而诗诗，蝉在何处，在尤加利最高的枝梢上，在晴空最低的流云上，抑或在你常红的两唇上。

而当你笑，把七月的绚丽，垂挂在你细眯的眼睫外，你可曾想及那悲剧的生命，那十几年在地下，却只留一夏在南来的熏风中的蝉？而当它歌唱，我们焉知那不是一种深沉的静穆？

蝉鸣浮在市声之上，蝉鸣浮在凌乱的楼宇之上，蝉鸣是风，蝉鸣是止不住的悲悯。诗诗，让我们爱这最后的，挣扎在城市里的音乐。

曾有一天黄昏，诗诗，曾有一天黄昏，你的母亲走向阳明山半山的林荫里，年轻人的营地里有一个演讲会。一折入那鼓着山风的小径，她的心便被回忆夺去。十年了，小径如昔，对面观音山的霞光如昔，千林的蝉声如昔。但十年过去，十年前柔蓝的长裙不再，十年前的马尾结不再，诗诗，我该坦然，或是驻足太息。

那一年，完整的四个季节，你的母亲便住在这山上，杜鹃来潮时，女孩子的梦便对着穿户的微云绽开。那男孩总是从这条山径走来——那男孩，诗诗，曾和你母亲在小径上携手的，会和你母亲在山泉中灌足的，现在每天黄昏抱你在他的膝上，让你用白蚕似的小指头去探他的胡楂。

诗诗，蝉声翻腾的小径里，十年便如此飞去。诗诗，那男孩和那女孩的往事被吹在茫然的晚风里，美丽，却模糊——如同另一个山头的蝉鸣。

偶低头，一只尚未蜕皮的蝉正笨拙地走向相思林，微温的泥沾在它身上，一种说不出的动人。

她，你的母亲，或者说那女孩吧——我并不知道她是谁——把它拣起。它的背上裂着一条神秘的缝，透过那条缝，壳将死，蝉将生，诗诗，蝉怎能不是一首诗。

那天晚上，灯下的蝉静静地展示出它黑艳的身躯，诗诗，这是给你的。诗诗，蝉声恒在，但我们只能握着今岁的七月，七月的风，风中的蝉。

七月一过，蝉声便老。熏风一过，蝉便不复是蝉，你不复是你。诗诗，且让我们听长夏欢悦而惆怅的咏叹词，听这生命的神秘跫音，响自这城市中最后的凉柯。

花担

诗诗，春天的早晨，我看见一个女人沿着通往城市的路走来。

她以一根扁担，担着两筐子花。诗诗你能不惊呼吗？满满两大筐水晶一般硬挺而透明的春花。

一筐在前，一筐在后，她便夹在两筐璀璨之间。半截青竹剖成的扁担微作弓形，似乎随时都准备要射发那两筐箭镞般的待放的春天。

淡淡的清芬随着她的脚步，一路散播过来。当农人在水田里插那些半吐的青色秧针，她便在黑柏油的路上插下恍惚的香气。诗诗，让我们爱那些香气，从春泥中酿成的香气。

当她行近，诗诗，当她的脸骤然像一张距离太近的画贴近我时，我突然怔住了。汗水自她的额际流下，将她的土布衫子弄湿了。我忍不住自责，我只见到那些缤纷的彩色，但对她而言，那是何等的负荷，她吃力地走着，并不强壮的肩膀被压得微微倾斜。

诗诗，生命是一种怎样的负担？

当她走远，我仍立在路旁，晨露未晞，青色的潮意四面环绕着我们。诗诗，我迷惘地望着她和她，那逐渐没入市尘的模糊的花担。

她是快乐的呢？还是痛苦的呢？诗诗，担着那样的担子是一种怎样的感觉呢？走这样的一段路又是怎样的一段路呢？想着想着，我的心再度自责，我没有资格怜悯她，我只该有敬意——对负重者的敬意。

　　那天早晨，当我们从路旁走开，我忽然感到那担子的重量也压在我的两肩上。所有美丽的东西似乎总是沉重的——但我们的痛苦便是我们的意义，我们的负荷便是我们的价值。诗诗，世上怎能有无重量的鲜花？人间怎能有廉价的美丽？

　　诗诗，且将你的小足举起，让我们沿着那女人走过的路回去。诗诗，当你的脚趾初履大地的那一天，荆棘和碎石便在前路上埋伏着了。诗诗，生命的红酒永远榨自破碎的葡萄，生命的甜汁永远来自压干的蔗茎。今年春天，诗诗，今年春天让我们试着去了解，去参透。诗诗，让我们不再祈祷自己的双肩轻松，让我们只祈祷我们挑着的是满筐满篓的美丽。

　　诗诗，愿今晨的意象常在我们心中，如同光热常在春阳中。

第一首诗

　　诗诗，冬天的黄昏，雨的垂帘让人想起江南，你坐在我的膝上，美好的宽额有如一块湿润的白玉。

　　于是，开始了我们的第一首诗：

　　　床前明月光，
　　　疑是地上霜。

举头望明月，

低头思故乡。

诗诗，简单的字，简单的旋律，只两遍，你就能上口了。你高兴地嚷着，把它当成一只新学会的歌，反复地吟诵，不满两岁的你竟能把抑扬顿挫控制得那么好。

满城的灯光像秋后的果实，一枚枚地在窗外亮了起来，我却木然地垂头，让泪水在渐沉的暮霭中纷落。

诗诗，诗诗，怎样的一首诗，我们的第一首诗。在这样凄惶的异乡黄昏，在窗外那样陌生的棕榈树下，我们开始了生命中的第一首诗，那样美好的，又那样哀伤的绝句。

八岁，来到这个岛上，在大人的书堆里搜出一本唐诗，糊里糊涂地背了好些，日子过去，结了婚，也生了孩子，才忽然了解什么是乡愁。想起那一年，被爷爷带着去散步，走着走着，天蓦地黑了，我焦急地说："爷爷，我们回家吧！"

"家？不，那不是家，那只是寓。"

"寓？"我更急了，"我们的家不是家吗？"

"不是，人只有一个家，一个老家，其他的地方都是寓。"如果南京是寓，新生南路又是什么？

诗诗，请停止念诗吧，客中的孤馆无月也无霜。我不明白我为什么在冬日的黄昏里想起这首诗，更不明白为什么把它教给稚龄的你。诗诗，故乡是什么，你不会了解，事实上，连我也不甚了解。除了那些模糊的记忆，我只能向故籍中去体认那"三秋桂子"的故乡，那"十里荷花"

的故乡。但于你呢？永忘不了那天你在客人面前表演完了吟诗，忽然被突来的问题弄乱了手脚。

"你的故乡在哪里？"

你急得满房子乱找，后来却又宽慰地拍着口袋说："在这里。"满堂的笑声中我却忍不住地心痛如绞。

在哪里呢？诗诗，一水之隔，一梦之隔，在哪里呢？

诗诗，当有一天，当你长大，当你浪迹天涯，在某一个月如素练的夜里，你会想起这首诗。那时，你会低首无语，像千古以来每个读这首诗的人。那时候，你的母亲又将安在？她或许已阖上那忧伤多泪的眼，或许仍未阖上，但无论如何，她会记得，在那个宁静的冬日黄昏，她曾抱你在膝上，一起轻诵过那样凄绝的句子。

让我们念它，诗诗，让我们再念：

床前明月光，
疑是地上霜。
举头望明月，
低头思故乡。

枯茎的秘密

秋凉的季节，我下决心把家里的"翠玲珑"重插一次。经过长夏的炙烤，叶子早已疲老殢绿，让人怀疑活着是一项巨大艰困而不快乐的义务——现在对付它唯一的方法就是拔掉重插了。原来植物里也有火凤凰的族类，必须经过连根拔起的手续，才能再生出流动欲滴的翠羽。搬张矮凳坐在前廊，我满手泥污地干起活来，很像有那么回事的样子。秋天的播种让人有"二期稻作"的喜悦，平白可以多赚额外一季绿色呢！我大约在本质上还是农夫吧？虽然我可怜的田园全在那小钵小罐里。

拔掉了所有的茎蔓，重捣故土，然后一一摘芽重插，大有重整山河的气概，可是插着插着，我的手慢下来，觉得有点吃惊……

故事的背景是这样的，选上这种"翠玲珑"来种，是因为它出身最粗贱，生命力最泼旺，最适合忙碌而又渴绿的我。想起来，就去浇一点水，忘了也就算了。据说这种植物有个英文名字叫"流浪的犹太人"，只要你给它一口空气、一撮干土，它就坚持要活下去。至于水多水少向光背光，它根本不争，并且仿佛曾经跟主人立过切结书似的，非股股实实地绿给你看不可！

此刻由于拔得干净，才大吃一惊发现这个家族里的辛酸史，原来平时执行绿色任务的，全是那些第二代的芽尖。至于那些芽下面的根茎，却早都枯了。

枯茎短则半尺，长则尺余，既黄又细，是真正的"气若游丝"，怪就怪在这把干瘪丑陋的枯茎上，分别还从从容容地长出些新芽来。

我呆看了好一会，直觉地判断这些根茎是死了，它们用代僵的方法把水分让给了下一代的小芽——继而想想，也不对，如果它死了，吸水的功能就没有了，那就救不了嫩芽了，它既然还能供应水分，可见还没有死，但干成这样难道还不叫死吗？想来想去，不得其解，终于认定它大约是死了，但因心有所悬，所以竟至忘记自己已死，还一径不停地输送水分。像故事中的沙场勇将，遭人拦腰砍断，犹不自知，还一路往前冲杀……

天很蓝，云很淡，风微微作凉，我没有说什么，"翠玲珑"也没有说什么。我坐在那里，像接触一份秘密文件似的，觉得一部"翠玲珑"的"家族存亡续绝史"全摊在我面前了。

那天早晨我把绿芽从一条条烈士型的枯茎上摘下来，一一重插，仿佛重缔一部历史的续集。

"再见！我懂得，"我替绿芽向枯茎告别，"我懂得你付给我的是什么，那是饿倒之前的一口粮，那是在渴死之先的一滴水，将来，我也会善待我们的新芽的。"

"去吧！去吧！我们等的就是这一天啊！"我又忙着转过来替枯茎

说话，"活着是重要的，一切好事总要活着才能等到，对不对？你看，多好的松软的新土！去吧，去吧，别伤心，事情就是这样的，没什么，我们可以瞑目了……"

在亚热带，秋天其实只是比较忧悒却又故作飒爽的春天罢了，插下去的"翠玲珑"十天以后全都认真地长高了，屋子里重新有了层层新绿。相较之下，以前的绿仿佛只是模糊的概念，现在的绿才是鲜活的血肉。不知道冬天什么时候来，但能和一盆盆"翠玲珑"共同拥有一段温馨的秘密，会使我的北廊在寒流季节也生意盎然的。

鼻子底下就是路

　　走下地下铁，只见中环车站人潮汹涌，是名副其实的"潮"，一波复一波，一涛叠一涛。在世界各大城的地下铁里，香港因为开始得晚，反而后来居上，做得非常壮观利落。但车站也的确大，搞不好明明要走出去的却偏偏会走回来。

　　我站住，盘算一番，要去找个人来问话。虽然满车站都是人，但我问路自有精挑细选的原则：

　　第一，此人必须慈眉善目，犯不上问路问上凶神恶煞。

　　第二，此人走路速度必须不徐不疾，走得太快的人，你一句话没说完，他已窜到十米外去了，问了等于白问。

　　第三，如果能碰到一对夫妇或情侣最好，一方面"一箭双雕"，两个人里面至少总有一个会知道你要问的路，另一方面大城市里的孤身女子甚至孤身男子都相当自危，陌生人上来搭话，难免让人害怕，一对人就自然而然的胆子大多了。

第四，偶然能向慧黠自信的女孩问上话也不错，她们偶或一时兴起，也会陪我走上一段路的。

第五，站在路边作等人状的年轻人千万别去问，他们的一颗心早因为对方的迟到急得沸腾起来，哪里有情绪理你，他和你说话之际，一分神说不定就和对方错过了，那怎么可以！

今天运气不错，那两个边说边笑的、衣着清爽的年轻女孩看起来就很理想，我于是赶上前去，问：

"母该垒（即对不起之意），'德铺道中'顶航（是"怎行走"的意思）？"我用的是新学的广东话。

"啊，果边航（这边行）就得了（就可以了）！"

两人还把我送到正确的出口处，指了方向，甚至还问我是不是台湾来的，才道了再见。

其实，我皮包里是有一份地图的，但我喜欢问路，地图太现代感了，我不习惯，我仍然喜欢旧小说里的行路人，跨马走到三岔路口，跳下马唱声喏，对路边下棋的老者问道：

"老伯，此去柳家庄悦来客栈打哪里走？约莫还有多远脚程？"

老者抬头，骑者一脸英气逼人，老者为他指了路，无限可能的情节在读者面前展开……我爱的是这种问路，问路几乎是我碰到机会就要发作的怪癖，原因很简单，我喜欢问路。

至于我为什么喜欢问路，则和外婆有很大的关系。外婆不识字，且又早逝，我对她的记忆多半是片段的，例如她喜欢自己捻棉成线，工具是一根筷子和一枚制钱，但她令我最心折的一点却是从母亲处听来的：

"小时候，你外婆常支使我们去跑腿，叫我们到××路去办事，我从小胆小，就说：'妈妈，那条路在哪里？我不会走啊！'你外婆脾气坏，立刻骂起来：'不认路，不认路，你真没用，路——鼻子底下就是路。'我听不懂，说：'妈妈，鼻子底下哪有路呀？'后来才明白，原来你外婆是说鼻子底下就是嘴，有嘴就能问路！"

我从那一刹立刻迷上我的外婆，包括她的漂亮，她的不识字的智慧，她把长工短工田产地产管得井井有条的精力以及她蛮横的坏脾气。

由于外婆的一句话，我总是告诉自己，何必去走冤枉路呢？宁可一路走一路问，宁可在别人的恩惠和善意中立身，宁可像赖皮的小幺儿去仰仗哥哥姐姐的威风。渐渐地才发现能去问路也是一项权利，是立志不做圣贤不做先知的人的最幸福的权利。

每次，我所问到的，岂止是一条路的方向，难道不也是冷漠的都市人的一颗犹温的心吗？而另一方面，我不自量力，叩前贤以求大音，所要问的，不也是可渡的津口可行的阡陌吗？

每一次，我在陌生的城里问路，每一次我接受陌生人的指点和微笑，我都会想起外婆，谁也不是一出世就藏有一张地图的人，天涯的道路也无非边走边问，一路问出来的啊！

游园惊梦

　　学校的交通车正行到高架桥上近圆山的一段，我机警地赶快侧过头去看它。它，那只长颈鹿，它在对街的山头上，我们相距也许有一二千米吧？它的颈子优美地伸向高处，像一个指着天空的箭头标示。

　　车子转了弯，我收回依依的目光，交通车继续往士林方向走，我定下心来，准备去上课——多奇异的相逢，一个人，一头鹿，在都市高架桥的急速车行中遥望。

　　猛然想起，我这半生好像都在这条路上。小时候，住抚顺街，读中山小学。后来读书教书在外双溪和石牌，中山北路来来回回的每天经过，算来已等于绕了地球几周了。

　　可是，为什么，为什么每次经过动物园，仍不免怦然心动？

　　记得第一次走入圆山动物园的感觉，记得那些横走纵跃的猴子，记得那对一个孩子而言巨大无比的象栏，记得孔雀开屏时颤抖的以百眼为扇，急速的倾力猛扇，一阵阵急切而焦伤的求偶讯息……

从被父母牵着去玩，到自己会去逛，到和情人，到带孩子去，一座园竟是一个人的半生啊！

有一天，大概是一九五一年吧，父亲从动物园回来，大笑，说："这事真奇怪呀！园里有只驴子，我走近一看，牌子上介绍了一大堆，最后还说'鸣声悦耳'，驴子叫怎么能叫成鸣声悦耳？"

那大概是动物园的草莽期吧，才会错得如此离谱。而三十多年后的今天，动物园杂志上有着一篇篇学术性的研究报告，像"谈猕猴的理毛行为"或"柑橘凤蝶的人工饲料"。时代不同了，有些事情在进步，我自己也成了动物园搬家的宣传员。然而我不自主地会怀念那个圆山桥下河水流碧的日子，有人垂钓，有人散步，那时候没有专家，却也没有"专家也解决不了的问题"，小学的校歌神气活现地唱着：

"圆山虎啸，剑潭水清……山川钟秀，人杰地灵……"

我今天对着浑如毒汤的基隆河还敢唱"地灵"吗？

关园的前一天，我去看林旺。对我而言，它不仅是一只硕大的最受欢迎的动物而已，也是一篇岔开去的悲剧情节。据说它来自泰北丛林，后来被带到台湾来，放在步兵学校（大概由于步校是校区最大的军校吧）。父亲当时在步校做教育长，我们假日里便跟着父亲去看大象，外加看一棵红豆树。大象后来转赠了动物园，没想到那曾在丛林中和战士共生死的，曾在军营里惯听号角悲吟的大象，今天却站在众孩童惊奇的注目中迟缓而无奈的老去。

发愿会不会是一件遭人耻笑的迂腐行为？如果准许我有秘密的誓愿，愿台北是个爱生的城市，愿动物仍然和人类一起欣欣向荣，在十亿年前，也在今天，在蛮荒、在农村、在都市、在圆山、在木栅。愿那一双双来自荒原的野性的眼睛仍然和我们下一代的孩童的梦一起成长。

玉想

只是美丽起来的石头

一向不喜欢宝石——最近却悄悄地喜欢了玉。

宝石是西方的产物，一块钻石，割成几千几百个"割切面"，光线就从那里面激射而出，挟势凌厉，美得几乎具有侵略性，使我不得不提防起来。我知道自己无法跟它的凶悍逼人相埒，不过至少可以决定"我不喜欢它"。让它在英女王的皇冠上闪烁，让它在展览会上伴以投射灯和响尾蛇（防盗用）展出，我不喜欢，总可以吧！

玉不同，玉是温柔的，早期的字书解释玉，也只说："玉，石之美者。"原来玉也只是石，是许多混沌的生命中忽然脱颖而出的那一点灵光。正如许多孩子在夏夜的庭院里听老人讲古，忽有一个因洪秀全的故事而兴天下之想，遂有了孙中山。所谓伟人，其实只是在游戏场中忽有所悟的那个孩子。所谓玉，只是在时间的广场上因自在玩耍进而得道的石头。

克拉之外

钻石是有价的，一克拉一克拉地算，像超级市场的猪肉，一块块皆有其中规中矩称出来的标价。

玉是无价的，根本就没有可以计值的单位。钻石像谋职，把学历经历乃至成绩单上的分数一一开列出来，以便叙位核薪。玉则像爱情，一个女子能赢得多少爱情完全视对方为她着迷的程度，其间并没有太多法则可循。以撒辛格（诺贝尔文学奖得主）说："文学像女人，别人为什么喜欢她以及为什么不喜欢她的原因，她自己也不知道。"其实，玉当然也有其客观标准，它的硬度，它的晶莹、柔润、缜密、纯全和刻工都可以讨论，只是论玉论到最后关头，竟只剩"喜欢"两字，而喜欢是无价的，你买的不是克拉的计价而是自己珍重的心情。

不须镶嵌

钻石不能佩戴，除非经过镶嵌，镶嵌当然也是一种艺术，而玉呢？玉也可以镶嵌，不过却不免显得"多此一举"，玉是可以直接做成戒指镯子和簪笄的。至于玉坠、玉佩所需要的也只是一根丝绳的编结，用一段千回百绕的纠缠盘结来系住胸前或腰间的那一点沉实，要比金属性冷冷硬硬的镶嵌好吧？

不佩戴的玉也是好的，玉可以把玩，可以做小器具，可以做既可卑微地去搔痒，亦可用以象征富贵吉祥的"如意"，可做用以祀天的璧，亦可做示绝的玦，我想做个玉匠大概比钻石切割人兴奋快乐，玉的世界要大得多繁富得多，玉是既入于生活也出于生活的，玉是名士美人，可以相与出尘，玉亦是柴米夫妻，可以居家过日。

生死以之

一个人活着的时候，全世界跟他一起活——但一个人死的时候，谁来陪他一起死呢？

中古世纪有出质朴简直的古剧叫《人人》(*Every Man*)，死神找到那位名叫人人的主角，告诉他死期已至，不能宽待，却准他结伴同行。人人找"美貌"，"美貌"不肯跟他去，人人找"知识"，"知识"也无意到墓穴里去相陪，人人找"亲情"，"亲情"也顾他不得……

世间万物，只有人类在死亡的时候需要陪葬品吧？其原因也无非由于怕孤寂，活人殉葬太残忍，连士俑殉葬也有些居心不忍，但死亡又是如此幽阒陌生的一条路，如果待嫁的女子需要陪嫁来肯定来系连她前半生的娘家岁月，则等待远行的黄泉客何尝不需要陪葬来凭借来思忆世上的年华呢？

陪葬物里最缠绵的东西或许便是玉琀蝉了，蝉色半透明，比真实的蝉薄，向例是含在死者的口中，成为最后的，一句没有声音的语言，那句话在说：

"今天，我入土，像蝉的幼虫一样，不要悲伤，这不叫死，有一天，生命会复活，会展翅，会如夏日出土的鸣蝉……"

那究竟是生者安慰死者而塞入的一句话？还是死者安慰生者而含着的一句话？如果那是心愿，算不算狂妄的侈愿？如果那是谎言，算不算美丽的谎言？我不知道，只知道玉玲蝉那半透明的豆青或土褐色仿佛是由生入死的薄膜，又恍惚是由死返生的符信，但生生死死的事岂是我这样的凡间女子所能参破的？且在这落雨的下午俯首凝视这枚佩在自己胸前的被烈焰般的红丝线所穿结的玉玲蝉吧！

玉肆

我在玉肆中走，忽然看到一块像蛀木又像土块的东西，仿佛一张枯涩凝止的悲容，我驻足良久，问道：

"这是一种什么玉？多少钱？"

"你懂不懂玉？"老板的神色间颇有一种抑制过的傲慢。

"不懂。"

"不懂就不要问！我的玉只卖懂的人。"

我应该生气应该跟他激辩一场的，但不知为什么，近年来碰到类似的场面倒宁可笑笑走开。我虽然不喜欢他的态度，但相较而言，我更不喜欢争辩，尤其痛恨学校里"奥瑞根式"的辩论比赛，一句一句逼着人追问，简直不像人类的对话，嚣张狂肆到极点。

不懂玉就不该买不该问吗？世间识货的又有几人？孔子一生，也没把自己那块美玉成功地推销出去。《水浒传》里的阮小七说："一腔热血，只要卖与识货的！"谁又是热血的识货买主？连圣贤的光焰，好汉的热血也都难以倾销，几块玉又算什么？不懂玉就不准买玉，不懂人生的人岂不没有权利活下去了？

当然，玉肆的老板大约也不是什么坏人，只是一个除了玉的知识找不出其他可以自豪之处的人吧？

然而，这件事真的很遗憾吗？也不尽然，如果那天我碰到的是个善良的老板，他可能会为我详细解说，我可能心念一动便买下那块玉，只是，果真如此又如何呢？它会成为我的小古玩。但此刻，它是我的一点憾意，一段未圆的梦，一份既未开始当然也就不致结束的情缘。

隔着这许多年，如果今天玉肆的老板再问我一次是否识玉，我想我仍会回答不懂，懂太难，能疼惜宝重也就够了。何况能懂就能爱吗？在竞选中互相中伤的政敌其实不是彼此十分了解吗？当然，如果情绪高昂，我也许会塞给他一张从《说文解字》抄下来的纸条：

> 玉，石之美，有五德。润泽以温，仁之方也；鳃理自外，可以知中，义之方也；其声舒扬，专以远闻，智之方也；不桡而折，勇之方也；锐廉而不技，絜之方也。

然而，对爱玉的人而言，连那一番大声镗鞳的理由也是多余的。爱玉这件事几乎可以单纯到不知不识而只是一团简简单单的欢喜。像婴儿喜欢清风拂面的感觉，是不必先研究气流风向的。

瑕

付钱的时候，小贩又重复了一次："我卖你这玛瑙，再便宜不过了。"

我笑笑，没说话，他以为我不信，又加上一句："真的——不过这么便宜也有个缘故，你猜为什么？"

"我知道，它有斑点。"本来不想提的，被他一逼，只好说了，免得他一直啰唆。

"哎呀，原来你看出来了，玉石这种东西有斑点就差了，这串项链如果没有瑕疵，哇，那价钱就不得了啦！"

我取了项链，尽快走开。有些话，我只愿意在无人处小心地、断断续续地、有一搭没一搭地说给自己听：对于这串有斑点的玛瑙，我怎么可能看不出来呢？它的斑痕如此清清楚楚。

然而购买这样一串项链是出于一个女子小小的侠气吧，凭什么要说有斑点的东西不好？水晶里不是有一种叫"发晶"的种类吗？虎有纹，豹有斑，有谁嫌弃过它的毛不够纯色？

就算退一步说，把这斑纹算瑕疵，此间能把瑕疵如此坦然相呈的人也不多吧？凡是可以坦然相见的缺点就不该算缺点的，纯全完美的东西是神器，可供膜拜。但站在一个女人的观点来看，男人和孩子之所以可爱，正是由于他们那些一清二楚的无所掩饰的小缺点吧？就连一个人对自己本身的接纳和纵容，不也是看准了自己的种种小毛病而一笑置之吗？

所有的无瑕是一样的——因为全是百分之百的纯洁透明，但瑕疵斑点却面目各自不同。有的斑痕像藓苔数点，有的是砂岸逶迤，有的是孤云独走，更有的是铁索横江，玩味起来，反而令人欣然心喜。想起平生好友，也是如此，如果不能知道一两件对方的糗事，不能有一两件可笑可嘲可詈可骂之事彼此打趣，友谊恐怕也会变得空洞吧？

有时独坐细味"瑕"字，也觉悠然意远，瑕字左边是"玉"字，是先有玉才有瑕的啊！正如先有美人而后才有"美人痣"，先有英雄，而后有悲剧英雄的缺陷性格（tragic flaw）。缺憾必须依附于完美，独存的缺憾岂有美丽可言，天残地缺，是因为天地都如此美好，才容得修地补天的改造的涂痕。一个"坏孩子"之所以可爱，不也正因为他在撒娇撒赖蛮不讲理之处有属于一个孩童近乎神明的纯洁吗？

瑕的右边是"叚"，有赤红色的意思，瑕的解释是"玉小赤"，我喜欢"瑕"字的声音，自有一种坦然的不遮不掩的亮烈。

完美是难以冀求的，那么，在现实的人生里，请给我有瑕的真玉，而不是无瑕的伪玉。

唯一

据说，世间没有两块相同的玉——我相信，雕玉的人岂肯去重复别人的创制。

所以，属于我的这一块，无论贵贱精粗都是天地间独一无二的。我因而疼爱它，珍惜这一场缘分，世上好玉千万，我却恰好遇见这块，世上爱玉人亦有万千，它却偏偏遇见我，但我们之间的聚会，也只是五十年吧？上一个佩玉的人是谁呢？有些事是既不能去想更不能嫉妒的，只能安安分分珍惜这匆匆的相属相连的岁月。

活

佩玉的人总相信玉是活的，他们说：

"玉要戴，戴戴就活起来了哩！"

这样的话是真的吗？抑或只是传说臆想？

我不知道自己能不能把一块玉戴活，这是需要时间才能证明的事，也许几十年的肌肤相亲，真可以使玉重新有血脉和呼吸。但如果奇迹是可祈求的，我愿意首先活过来的是我，我的清洁质地，我的致密坚实，我的莹秀温润，我的斐然纹理，我的清声远扬。如果玉可以因人的佩戴而复活，也让人因佩戴玉而复活吧！让每一时每一刻的我莹彩暖暖，如冬日清晨的半窗阳光。

石器时代的怀古

把人和玉、玉和人交织成一的神话是《红楼梦》，它也叫《石头记》，在补天的石头群里，主角是那三万六千五百零一块中多出的一块，天长日久，竟成了通灵宝玉，注定要来人间历经一场情劫。

他的对方则是那似曾相识的绛珠仙草。

那玉，是男子的象征，是对于整个石器时代的怀古。那草，是女子的表记，是对榛榛莽莽洪荒森林的思忆。

静安先生释《红楼梦》中的玉，说"玉"即"欲"，大约也不算错吧？《红楼梦》中含"玉"字的名字总有其不凡的主人，像宝玉、黛玉、妙玉、红玉，都各自有他们不同的人生欲求。只是那欲似乎可以解作英文里的 want，是一种不安，一种需索，是不知所从出的缠绵，是最快乐之时的凄凉，最完满之际的缺憾，是自己也不明白所以的惴惴，是想挽住整个春光留下所有桃花的贪心，是大彻大悟与大栈恋之间的摆荡。

神话世界每每是既富丽而又高寒的，所以神话人物总要找一件道具或伴当相从，设若龙不吐珠，嫦娥没有玉兔，李聃失了青牛，果老没了肯让人倒骑的驴或是麻姑少了仙桃，孙悟空缴回金箍棒，那神话人物真不知如何施展身手了——贾宝玉如果没有那块玉，也只能做美国童话《绿野仙踪》里的"无心人"奥迪斯。

"人非木石，孰能无情"，说这话的人只看到事情的表象，木石世界的深情大义又岂是我们凡人所能尽知的。

玉楼

如果你想知道钻石，世上有宝石学校可读，有证书可以证明你的鉴定力。但如果你想知道玉，且安安静静地做自己，并从肤发的温润、关节的玲珑、眼目的光澈、意志的凝聚、言笑的清朗中去认知玉吧！玉即是我，所谓文明其实亦即由石入玉的历程，亦即由血肉之躯成为"人"的史页。

　　道家以目为银海，以肩为玉楼，想来仙家玉楼连云，也不及人间一肩可担道义的肩胛骨为贵吧？爱玉之极，恐怕也只是返身自重吧？

衣履篇

人生于世，相知有几？而衣履相亲，亦薄凉世界中之一聚散也。

羊毛围巾

所有的巾都是温柔的，像汗巾、丝巾和羊毛围巾。

巾不用剪裁，巾没有形象，巾甚至没有尺码，巾是一种温柔得不会坚持自我形象的东西。它被捏在手里，包在头上，或绕在脖子上，巾是如此轻柔温暖，令人心疼。

巾也总是美丽的，那种母性的美丽，或抽纱或绣花，或泥金或描金，或是织棉，或是钩纱，巾总是一径那么细腻娴雅。

而这个世界是越来越容不下温柔和美丽了，罗伯特·泰勒死了，斯图尔特·格兰杰老了，费雯·丽消失了，取代的是查尔斯·布朗森，是

007，是冷硬的简·方达和费·唐娜薇，是科幻片里的女超人。

唯有围巾仍旧维持着一份古典的温柔，一份美。

我有一条浅褐色的马海羊毛围巾，是新春去了壳的大麦仁的颜色，错觉上几乎嗅得到麸皮的干香。

即使在不怎么冷的日子，我也喜欢围上它，它是一条不起眼的围巾，但它的抚触轻暖，有如南风中的琴弦，把世界遗留在恻恻轻寒中，我的项间自有一圈暖意。

忽有一天，我在惯行的山径上走，满山的芒草柔软地舒开，怎样的年年苇芒啊！这才发现芒草和我的羊毛围巾有着相同的色调和触觉。秋山寂清，秋容空寥，秋天也正自搭着一条围巾吧，从山巅绕到低谷，从低谷拖到水湄，一条古旧温婉的围巾啊！

以你的两臂合抱我，我的围巾，在更冷的日子你将护住我的两耳焐着我的发。你照着我的形象而委曲地重叠你自己，从左侧环护我，从右侧萦绕我，你是柔韧而忠心的护城河，你在我的坚强梗硬里纵容我，让我也有些小小的柔弱，小小的无依，甚至小小的撒娇作痴。你在我意气风发飘然上举几乎要破躯而去的时候，静静地伸手挽住我，使我忽然意味到人间的温情，你使我猝然间软化下来，死心塌地留在人间。如山，留在茫茫扑扑的秋芒里。

巾真的是温柔的，人间所有的巾，如我的那一条。

背袋

我有一个背袋，用四方形碎牛皮拼成的，我几乎天天背着，一背竟背了五年多了。

每次用破了皮，我到鞋匠那里请他补，他起先还肯，渐渐地就好心地劝我不要太省了。

我拿它去干洗，老板娘含蓄地对我一笑，说："你大概很喜欢这个包吧？"

我说："是啊！"

她说："怪不得用得这么旧了！"

我背着那包，在街上走着，忽然看见一家别致的家具店，我一走进门，那闲坐无聊的小姐忽然迎上来，说：

"咦，你是学画的吧？"

我坚决地摇摇头。

不管怎么样，我舍不得丢掉它。

它是我所有使用过的皮包里唯一可以装得下一本《辞源》，外加一个饭盒的，它是那么大，那么轻，那么强韧可信。

在东方，囊袋常是神秘的，背袋里永远自有乾坤，我每次临出门把那装得鼓胀的旧背袋往肩上一搭，心中一时竟会万感交集起来。

多少钱，塞进又流出，多少书，放进又取出，那里面曾搁入我多少次午餐用的面包，又有多少信，多少报纸，多少学生的作业，多少名片，多少婚丧喜庆的消息在其中驻足而又消失。

一只背袋简直是一段小型的人生。

曾经，当孩子的乳牙掉了，你匆匆将它放进去。曾经，山径上迎面栽跌下一枚松果，你拾了往袋中一塞。有的时候是一叶青蕨，有的时候是一捧贝壳，有的时候是身份证、护照、公车车票，有的时候是给那人买的袜子、熏鸡、鸭肫或者阿司匹林。

我爱那背袋，或者是因为我爱那些曾经真真实实发生过的生活。

背上袋子，两手都是空的，空了的双手让你觉得自在，觉得有无数可以掌握的好东西，你可以像国画上的隐士去策杖而游，你可以像英雄擎旗而战，而背袋不轻不重地在肩头，一种甜蜜的牵绊。

夜深时，我把整好的背袋放在床前，爱怜地抚弄那破旧的碎片，像一个江湖艺人在把玩陈旧的行头，等待明晨的冲州撞府。

明晨，我仍将背上我的背袋去逐明日的风沙。

穿风衣的日子

香港人好像把那种衣服叫成"干湿褛"，那实在也是一个好名字，但我更喜欢我们在台湾的叫法——风衣。

每次穿上风衣，我会莫名其妙地异样起来，不知为什么，尤其刚扣好腰带的时候，我在错觉上总怀疑自己就要出发去流浪。

穿上风衣，只觉风雨在前路飘摇，小巷外有万里未知的路在等着，我有着"一蓑烟雨任平生"的莽莽情怀。

穿风衣的日子是该起风的，不管是初来乍到还不惯于温柔的春风，或是绿色退潮后寒意陡起的秋风。风在云端叫你，风透过千柯万叶以苍凉的颤音叫你，穿风衣的日子总无端地令人凄凉——但也因而无端地令人雄壮。穿了风衣，好像就该有个故事要起头了。

必然有风在江南，吹绿了两岸，两岸的杨柳帷幕……

必然有风在塞北，拨开野草，让你惊见大漠的牛羊……

必然有风像旧戏中的流云彩带，圆转柔和地圈住那死也忘不了的一千一百万平方公里的海棠残叶。

必然有风像歌，像笛，一夜之间散遍洛城。

曾翻阅过汉高祖的白云的，曾翻阅唐玄宗的牡丹的，曾翻阅陆放翁的大散关的，那风，今天也翻阅你满额的青发，而你着一袭风衣，走在千古的风里。

风是不是天地的长嗥？风是不是大块在血气涌腾之际搅起的不安？

风鼓起风衣的大翻领，风吹起风衣的下摆，刷刷地打我的腿。我矍然四顾，人生是这样辽阔，我觉得有无限渺远的天涯在等我。

旅行鞋

那双鞋是麂皮的，黄铜色，看起来有着美好的质感，下面是软平的胶底，足有两厘米厚。

鞋子的样子极笨，秃头，上面穿鞋带，看起来牢靠结实，好像能穿一辈子似的。

想起"一辈子"，心里不免怵然暗惊，但惊的是什么，也说不上来，一辈子到底是什么意思，半生又是什么意思？七十年是什么？多于七十或者少于七十又是什么？

每次穿那鞋，我都忍不住问自己，一辈子是什么，我拼命思索，但我依然不知道一辈子是什么。

已经四年了，那鞋秃笨厚实如昔，我不免有些恐惧，会不会，有一天，我已老去，再不能赴空山灵雨的召唤，再不能一跃而起前赴五湖三江的邀约，而它，却依然完好。

事实上，我穿那鞋，总是在我心情最好的时候，它是一双旅行鞋，我每穿上它，便意味着有一段好时间好风光在等我，别的鞋底惯于踏一片黑沉沉的柏油，但这一双，踏的是海边的湿沙，岸上的紫岩，它踏过山中的泉涧，踱尽林下的月光。但无论如何，我每见它时，总有一丝怅然。

也许不为什么，只为它是我唯一穿上以后真真实实去走路的一双鞋，只因我们一起踩遍花朝月夕万里灰沙。

或穿或不穿，或行或止，那鞋常使我惊奇。

牛仔长裙

牛仔布，是当然该用来作牛仔裤的。

穿上牛仔裤显然应该属于另外一个世界，但令人讶异的是牛仔布渐渐地不同了，它开始接受了旧有的世界，而旧世界也接受了牛仔布，于是牛仔短裙和牛仔长裙出现了。原来牛仔布也可以是柔和美丽的，牛仔马甲和牛仔西装上衣，牛仔大衣也出现了，原来牛仔布也可以是典雅庄重的。

我买了一条牛仔长裙，深蓝的，直拖到地，我喜欢得要命。旅途中，我一口气把它连穿七十天，脏了，就在朋友家的洗衣机里洗好、烘好，依旧穿在身上。

真是有点疯狂。

可是我喜欢带点疯狂时的自己。

所以我喜欢那条牛仔长裙，以及穿长裙时候的自己。

对旅人而言，多余的衣服是不必的，没有人知道你昨天穿什么，所以，今天，在这个新驿站，你有权利再穿昨天的那件，旅人是没有衣橱没有衣镜的，在夏天，旅人可凭两衫一裙走天涯。

假期结束时，我又回到学校，牛仔长裙挂起来，我规规矩矩穿我该穿的衣服。

只是，每次，当我拿出那条裙子的时候，我的心里依然涨满喜悦，穿上那条裙子我就不再是母亲的女儿或女儿的母亲，不再是老师的学生或学生的老师，我不再有任何头衔任何职分。我也不是别人的妻子，不必管那四十二坪的公寓。牛仔长裙对我而言渐渐变成了一件魔术衣，一旦穿上，我就只是我，不归于任何人，甚至不隶属于大化。因为当我一路走，走入山，走入水，走入风，走入云，走着，走着，事实上竟是根本把自己走成了大化。

那时候，我变成了无以名之的我，一径而去，比无垠雪地上身披猩红斗篷的宝玉更自如，因为连左右的一僧一道都不存在。我只是我，一无所系，一无所属，快活得要发疯。

只是，时间一到，我仍然回来，扮演我被同情或羡慕的角色，我又成了有以名之的我。

我因此总是用一种异样的情感爱我的牛仔长裙——以及身系长裙时的自己。

项链

温柔之必要

肯定之必要

一点点酒和木樨花之必要

那句子是痖弦说的。

项链，也许本来也是完全不必要的一种东西，但它显然又是必要的，它甚至是跟人类文明史一样长远的。

或者是一串贝壳，一枚野猪牙，或者是埃及人的黄金项圈，或者是印第安人的天青色石头，或者是中国人的珠圈玉坠，或者是罗马人的古钱，以至土耳其人的宝石……项链委实是一种必要。不单项链，一切的手镯、臂钏，一切的耳环、指环、头簪和胸针，都是必要的。

怎么可能有女孩子会没有一只小盒子呢？

怎么可能那只盒子里会没有一圈项链呢？

田间的番薯叶，堤上的小野花，都可以是即兴式的项链。而做小女孩的时候，总幻想自己是美丽的，吃完了释迦果，黑褐色的种子是项链，连爸爸抽完了烟，那层玻璃纸也被扭成花样，串成一环，那条玻璃纸的项链终于只做成半串，爸爸的烟抽得太少，而我长大得太快。

渐渐地，也有了一盒可以把玩的项链了，竹子的、木头的、石头的、陶瓷的、骨头的、果核的、贝壳的、镶嵌玻璃的，总之，除了一枚值四百元的玉坠，全是些不值钱的东西。

可是，那盒子有多动人啊！

小女儿总是瞪大眼睛看那盒子，所有的女儿都曾喜欢"借用"妈妈的宝藏，但她真正借去的，其实是妈妈的青春。

我最爱的一条项链是骨头刻的（刻骨两个字真深沉，让人想到刻骨铭心，而我竟有一枚真实的刻骨，简直不可思议），以一条细皮革系着，刻的是一个拇指大的襁褓中的小娃娃，圆圆扁扁的脸，可爱得要命。买的地方是印第安村，卖的人也说刻的是印第安婴儿，因为只有印第安人才把娃娃用绳子绑起来养。我一看，几乎失声叫起来，我们中国娃娃也是这样的呀，我忍不住买了。

小女儿问我那娃娃是谁，我说："就是你呀！"

她仔细地看了一番，果真相信了，满心欢喜兴奋，不时拿出来摸摸弄弄，真以为就是她自己的塑像。

我其实没有骗她，那骨刻项链的正确名字应该叫作"婴儿"，它可以是印第安的婴儿，可以是中国婴儿，可以是日本婴儿，它可以是任何人的儿子、女儿，或者它甚至可以是那人自己。

我将它当胸而挂，贴近心脏的高度，它使我想到"彼亦人子也"，我的心跳几乎也因此温柔起来，我会想起孩子极幼小的时候，想起所有人类在襁褓中的笑容。

挂那条项链的时候，我真的相信，我和它，彼此都美丽起来了。

红绒背心

那件红绒背心是我怀孕的时候穿的，下缘极宽，穿起来像一口钟。

那原是一件旧衣，别人送给我的，一色极纯的玫瑰红，大口袋上镶着一条古典的花边。其他的孕妇装我全送人了，只留下这一件舍不得，挂在贮藏室里。它总是牵动着一些什么，藏伏着一些什么。

怀孕的日子的那些不快不知为什么，想起来都模糊了。那些疼痛和磨难竟然怎么想都记不真切。真奇怪，生育竟是生产的人和被生的人都说不清楚过程的一件事。

而那样惊天动地的过程，那种参天地之化育的神秘经验，此刻几乎等于完全不存在了，仿佛星辰，你虽知道它在亿万年前成形，却完全不能重复那份记忆，你只见日升月恒，万象回环，你只觉无限敬畏。世上的事原来是可以在混沌愕然中成其为美好的。

而那件红绒背心悬在那里，柔软鲜艳，那样真实，让你想起自己怀孕时期像一块璞石含容着一块玉的旧事。那时，曾有两脉心跳，交响于一副胸膛之内——而胸膛，在火色迸发的红绒背心之内。对我而言，它不是一件衣服，而是孩子的"创世纪"，我每怔望着它，就重温小胎儿在腹中来不及地膨胀时的力感。那时候，作为一个孕妇，怀着的竟是一个急速增大的银河系。真的，那时候，所有的孕妇是宇宙，有万种庄严。

而孩子大了，在那里自顾自地玩着他的集邮册或彩色笔。一年复一年，寒来暑往，我整衣服的时候，总看见那像见证人似的红绒背心悬在那里，然后，我习惯地转眼去看孩子，我感到寂寥和甜蜜。

饮啄篇

一饮一啄无不循天之功，因人之力，思之令人五内感激；至于一桌之上，含哺之恩，共箸之情，乡关之爱，泥土之亲，无不令人庄严。

白柚

每年秋深的时候，我总要去买几只大白柚。

不知为什么，这件事年复一年地做着，后来竟变成一件慎重其事有如典仪一般的行为了。

大多数的人都只吃文旦，文旦是瘦小的、纤细的、柔和的，我嫌它甜得太软弱。我喜欢柚子，柚子长得极大、极重，不但圆，简直可以算做是扁的，好的柚瓣总是胀得太大，把瓣膜都能胀破了，真是不可思议。

吃柚子多半是在子夜时分，孩子睡了，我和丈夫在一盏灯下慢慢地剥开那芳香噗人的绿皮。柚瓣总是让我想到宇宙，想到彼此牵绊互相契合的万类万品。我们一瓣一瓣地吃完它，情绪上几乎有一种虔诚。

人间原是可以丰盈完整，相与相洽，像一只柚子。

当我老时，秋风冻合两肩的季节，你，仍偕我去市集上买一只白柚吗？灯下一圈柔黄——两头华发渐渐相对成两岸的芦苇，你仍与我共食一只美满丰盈的白柚吗？

面包出炉时刻

我最不能抗拒的食物，是谷类食物。

面包、烤饼、剔圆透亮的饭粒都使我忽然感到饥饿。现代人从某种意义上来说是"吃肉的一代"，但我很不光彩地坚持着喜欢面和饭。

有次，是下雨天，在乡下的山上看一个陌生人的葬仪，主礼人摔着一箩谷子，一边撒一边念："福禄子孙——有喔——"忽然觉得眼眶发热，忽然觉得五谷真华丽，真完美，黍稷的馨香是可以上荐神明，下慰死者的。

是三十岁那年吧，有一天，我正慢慢地嚼着一口饭，忽然心中一惊，发现满口饭都是一粒一粒的种子。一想到种子立刻凛然敛容，不知道吃的是江南哪片水田里的稻种，不知是经过几世几劫，假多少手流多少汗才到了台湾，也不知它是来自嘉南平原还是遍野甘蔗被诗人形容甜如"一块方糖"的小城屏东。但不管这稻米是来自何处，我都感激，那里面有絮絮叨叨的深情切意，从唐虞上古直说到如今。

我也喜欢面包，非常喜欢。

面包店里总是涨溢着烘焙的香味，我有时不买什么也要进去闻闻。

冬天下午如果碰上面包出炉时刻真是幸福，连街上的空气都一时喧哗轰动起来，大师傅捧着个黑铁盘子快步跑着，把烤得黄脆焦香的面包神话似的送到我们眼前。

我尤其喜欢那种粗大圆胀的麸皮面包，我有时竟会傻里傻气地买上一堆。传说里，道家修仙都要"辟谷"，我不要"辟谷"，我要做人，要闻它一辈子稻香麦香。

我有时弄不清楚我喜欢面包或者米饭的真正理由，我是爱那淡白质朴远超乎酸甜苦辣之上的无味之味吗？我是爱它那一直是穷人粮食的贫贱出身吗？我是迷上了那令我恍然如见先民的神圣肃穆的情感吗？或者，我只知是爱那炊饭的锅子乍掀，烤炉初启的奇异喜悦呢？

我不知道，我只知道在这个杂乱的世纪能走尽长街，去伫立在一间面包店里等面包出炉的一刹那，是一件幸福的事。

球与煮饭

我每想到那个故事，心里就有点酸恻，有点欢忻，有点惆怅无奈，却又无限踏实。

那其实不是一则故事，那是报尾的一段小新闻，主角是王贞治的妻子，那阵子王贞治正是热门，他的全垒打眼见要赶到美国某球员的前面去了。

他果真赶过去了，全日本守在电视机前的观众疯了！他的两个孩子当然更疯了！

事后照例有记者去采访，要王贞治的妻子发表感想——记者真奇怪，他们老是假定别人一脑子都是感想。

"我当时正在厨房里烧菜——听到小孩大叫，才知道的。"

不知道那是她生平的第几次烹调，孩子看完球是要吃饭的，丈夫打完球也是得侍候的，她日复一日守着厨房——没人来为她数记录，连她自己也没数过。世界上好像没有女人为自己的一日三餐数算记录，一个女人如果熬到五十年金婚，她会烧五万四千多顿饭，那真是疯狂，女人硬是把小小的厨房用馨香的火祭供成了庙宇了。她自己是终身以之的祭司，比任何僧侣都虔诚，一日三举火，风雨寒暑不断，那里面一定有些什么执着，一定有些什么令人落泪的温柔。

让全世界去为那一棒疯狂，对一个终身执棒的人而言，每一棒全垒打和另一棒全垒打其实都一样，都一样是一次完美的成就，但也都一样可以是一种身清气闲不着意的有如呼吸一般既神圣又自如的一击。东方哲学里一切的好都是一种"常"态，"常"字真好，有一种天长地久无垠无限的大气魄。

那一天，全日本也许只有两个人没有守在电视机前，只有两个人没有盯着记录牌看，只有两个人没有发疯，那是王贞治的妻子和王贞治自己。

香椿

香椿芽刚冒上来的时候，是暗红色，仿佛可以看见一股地液喷上来，让每片嫩叶都充了血。

每次回屏东娘家，我总要摘一大抱香椿芽回来。孩子们都不在家，老爸老妈坐对四棵前后院的香椿，当然是来不及吃的。

记忆里妈妈不种什么树，七个孩子已经够排成一列树栽子了，她总是说："都发了人了，就发不了树啦！"可是现在，大家都走了，爸妈倒是弄了前前后后满庭的花，满庭的树。

我踮起脚来，摘那最高的尖芽。

不知为什么，椿树是传统文学里被看作一种象征父亲的树。对我而言，椿树是父亲，椿树也是母亲，而我是站在树下摘树芽的小孩。那样坦然地摘着，那样心安理得地摘，仿佛做一棵香椿树就该给出这些嫩芽似的。

年复一年我摘取，年复一年，那棵树给予。

我的手指已习惯于接触那柔软潮湿的初生叶子的感觉，那种攀摘令人惊讶浩叹，那不胜柔弱的嫩芽上竟仍把得出大地的脉动，所有的树都是大地单向而流的血管，而香椿芽，是大地最细致的微血管。

我把主干拉弯，那树忍着，我把枝干扯低，那树忍着，我把树芽采下，那树默无一语。我撇下树回头走了，那树在伤痕上自己努力结了疤，并且再长新芽，以供我下次攀摘。

我把树芽带回台北，放在冰箱里，不时取出几枝，切碎，和蛋，炒得喷香的放在餐桌上，我的丈夫和孩子争着嚷说炒得太少了。

我把香椿夹进嘴里，急急地品味那奇异的芳烈的气味，世界仿佛一霎时凝止下来，浮士德在魔鬼给予的种种尘世欢乐之后仍然迟迟说不出口的那句话，我觉得我是能说的：

"太完美了，让时间在这一瞬间停止吧！"

不纯是为了那树芽的美味，而是为了那背后种种因缘，岛上最南端的小城，城里的老宅，老宅的故园，园中的树，象征父亲也象征母亲的树。

万物于人原来是可以如此亲和的。吃，原来也可以像宗教一般庄严肃穆的。

韭菜合子

我有时绕路跑到信义路四段，专为买几个韭菜合子。

我不喜欢油炸的那种，我喜欢干炕的。买韭菜合子的时候，心情照例是开朗的，即使排队等也觉高兴——因为毕竟证明吾道不孤，有那么多人喜欢它！我喜欢看那两个人合作无间的一个擀，一个炕，那种美好的搭配间仿佛有一种韵律似的。那种和谐不下于钟跟鼓的完美互足，或日跟夜的循环交替。

我其实并不喜欢韭菜的冲味，但却仍旧去买——只因为喜欢买，喜欢看热烫鼓腹的合子被一把长铁叉翻取出来的刹那。

我又喜欢"合子"那两个字，一切"有容"的食物都令我觉得神秘有趣，像包子、饺子、春卷，都各自含容着一个奇异的小世界，像宇宙包容着银河，一个合子也包容着一片小小的乾坤。

合子是北方的食物，一口咬下仿佛能咀嚼整个河套平原，那些麦田，那些杂粮，那些硬茧的手！那些一场骤雨乍过在后院里新剪的春韭。

我爱这种食物。

有一次，我找到漳州街，去买山东煎饼（一种杂粮混制的极薄的饼），但去晚了，房子拆了，我惆怅地站在路边，看那跋扈的大厦傲然地在搭钢筋，我不知到哪里去找那失落的饼。

而韭菜合子侥幸还在满街贩卖。

我是去买一样吃食吗？抑或是去找寻一截可以摸可以嚼的乡愁？

瓜子

丈夫喜欢瓜子，我渐渐也喜欢上了，老远地跑到西宁南路去买，只为他们在封套上印着"徐州"两个字。徐州是我没有去过的故乡。

人是一种麻烦的生物。

我们原来不必有一片屋顶的，可是我们要。

屋顶之外原来不必有四壁的，可是我们要。

四壁之间又为什么非有一盏秋香绿的灯呢？灯下又为什么非有一张桌子呢？桌子上摆完了三餐又为什么偏要一壶茶呢？茶边凭什么非要一碟瓜子不可呢？

可是，我们要，因为我们是人。我们要属于自己的安排。

欲求，也可以是正大光明的，也可以是"此心可质天地的"。偶尔，夜深时，我们各自看着书或看着报，各自嗑着瓜子，有一搭没一搭地聊着，上一句也许是愁烦小女儿不知从哪里搞来一只猫，偷偷放在阳台上养，中间一句也许是谈一个二十年前老友的婚姻，而下一句也许忽然想到组团到美国演出还差多少经费。

我们说着话，瓜子壳渐渐堆成一座山。

许多事，许多情，许多说了的和没说的全在嗑瓜子的时刻完成。

孩子们也爱瓜子，可是不会嗑，我们把嗑好的白白的瓜子仁放在他们白白的小手上，他们总是一口吃了，回过头来说："还要！"

我们笑着把他们支走了。

嗑瓜子对我来说是过年的项目之一。小时候，听大人说："有钱天天过年，没钱天天过关。"

而嗑瓜子让我有天天过年的错觉。

事实上，哪一夜不是除夕呢？每一夜，我们都要告别前身，每一黎明，我们都要面对更新的自己。

今夜，我们要不要一壶对坐，就着一灯一桌共一盘瓜子，说一兜说不完的话？

一句好话

小时候过年，大人总要我们说吉祥话，但碌碌半生，竟有一天我也要教自己的孩子说吉祥话了，才蓦然警觉这世间好话是真有的，令人思之不尽，但却不是"升官""发财""添丁"这一类的。好话是什么呢？冬夜的晚上，从爆白果的馨香里，我有一句没一句地想起来了……

"你们爱吃肥肉，还是瘦肉？"

讲故事的是个年轻的女佣，名叫阿密，那一年我八岁，听善忘的她一遍遍重复讲这个她自己觉得非常好听的故事，不免烦腻，故事是这样的：

有个人啦，欠人家钱，一直欠，欠到过年都没有还哩，因为没有钱还嘛。后来那个债主不高兴了，他不甘心，所以到了吃年夜饭的时候，就偷偷跑到欠钱的家里，躲在门口偷听，想知道他是真没有钱还是假没有钱，听到开饭了，那欠钱的说：

"今年过年，我们来大吃一顿，你们小孩子爱吃肥肉，还是瘦肉？"（顺便插一句嘴，这是个老故事，那年头的肥肉瘦肉都是无上美味。）

那债主站在门外，听得清清楚楚，气得要死，心里想，你欠我钱，害我过年不方便，你们自己原来还有肥肉瘦肉拣着吃哩！他一气，就冲进屋里，要当面给他好看，等到跑到桌前一看，哪里有肉，只有一碗萝卜一碗番薯，欠钱的人站起来说："没有办法，过年嘛，萝卜就算是肥肉，番薯就算是瘦肉，小孩子嘛！"

原来他们的肥肉就是白白的萝卜，瘦肉就是红红的番薯。他们是真穷啊，债主心软了，钱也不要了，跑回家去过年了。

许多年过去了，这个故事每到吃年夜饭时总会自动回到我的耳畔，分明已是一个不合时宜的老故事，但那个穷父亲的话多么好啊，难关要过，礼仪要守，钱却没有，但只要相恤相存，菜根也自有肥腴厚味吧！

在生命宴席极寒俭的时候，在关隘极窄极难过的时候，我仍要打起精神自己说：

"喂，你爱吃肥肉，还是瘦肉？"

"我喜欢跟你用同一个时间。"

他去欧洲开会，然后转美国，前后两个月才回家，我去机场接他，提醒他说："把你的表拨回来吧，现在要用中国时间了。"

他愣了一下，说：

"我的表一直是中国时间啊！我根本没有拨过去！"

"那多不方便！"

"也没什么，留着中国的时间我才知道你和小孩在干什么，我才能想象，现在你在吃饭，现在你在睡觉，现在你起来了……我喜欢跟你用同一个时间。"

他说那句话，算来已有十年了，却像一幅挂在门额的绣锦，鲜色的底子历经岁月，却仍然认得出是强旺的火红。我和他，只不过是凡世中，平凡又平凡的男子和女子，注定是没有情节可述的人，但久别乍逢的淡淡一句话里，却也有我一生惊动不已，感念不尽的恩情。

"好咖啡总是放在热杯子里的！"

经过罗马的时候，一位新识不久的朋友执意要带我们去喝咖啡。

"很好喝的，喝了一辈子难忘！"

我们跟着他东抹西拐大街小巷地走，石块拼成的街道美丽繁复，走久了，让人会忘记目的地，竟以为自己是出来踏石块的。

忽然，一阵咖啡浓香侵袭过来，不用主人指引，自然知道咖啡店到了。

咖啡放在小白瓷杯里，白瓷很厚，和中国人爱用的薄瓷相比另有一番稳重笃实的感觉。店里的人都专心品咖啡，心无旁骛。

侍者从一个特殊的保暖器里为我们拿出杯子，我捧在手里，忍不住讶道：

"咦，这杯子本身就是热的哩！"

侍者转身，微微一躬，说：

"女士，好咖啡总是放在热杯子里的！"

他的表情既不兴奋，也不骄矜，甚至连广告意味的夸大也没有，只是淡淡地在说一句天经地义的事而已。

是的，好咖啡总是应该斟在热杯子里的，凉杯子会把咖啡带凉了，香气想来就会蚀掉一些，其实好茶好酒不也都如此吗？

原来连"物"也是如此自矜自重的，《庄子》中的好鸟择枝而栖，西洋故事里的宝剑深契石中，等待大英雄来抽拔，都是一番万物的清贵，不肯轻易亵慢了自己。古代的禅师每从喝茶啜粥去感悟众生，不知道罗马街头那端咖啡的侍者也有什么要告诉我的，我多愿自己也是一份千研万磨后的香醇，并且慎重地斟在一只洁白温暖的厚瓷杯里，带动一个美丽的清晨。

"将来我们一起老。"

其实，那天的会议倒是很正经的，仿佛是有关学校的研究和发展之类的。

有位老师，站了起来，说：

"我们是个新学校，老师进来的时候都一样年轻，将来要老，我们就一起老了……"

我听了，简直是急痛攻心，赶紧别过头去，免得让别人看见我的眼泪——从来没想到原来同事之间的萍水因缘也可以是这样的一生一世啊！学院里平日大家都忙，有的分析草药，有的解剖小狗，有的带学生做手术，有的正埋首典籍……研究范围相差既远，大家也都无暇顾及别人，然而在一度一度的后山蝉鸣里，在一阵阵的上课钟声间，在满山台湾相思芬芳的韵律中，我们终将垂垂老去，一起交出我们的青春而老去。

能为一个学校而老，能跟其他的一时俊彦一起老，能看着一批批的孩子长大而心安理得地去老，也算是一种幸福吧！

"你长大了，要做人了！"

汪老师的家是我读大学的时候就常去的，他们没有子女，我在那里从他读"花间词"，跟着他的笛子唱昆曲，并且还留下来吃温暖的羊肉涮锅……

大学毕业，我做了助教，依旧常去。有一次，为了买不起一本昂贵的书便去找老师给我写张名片，想得到一点折扣优待。等名片写好了，我拿来一看，忍不住叫了起来：

"老师，你写错了，你怎么写'兹介绍同事张晓风'，应该写'学生张晓风'的呀！"

老师把名片接过去，看看我，缓缓地说：

"我没有写错，你不懂，就是要这样写的，你以前是我的学生，以后私底下也是，但现在我们在一所学校里，你是助教，我是教授，阶级虽不同却都是教员，我们不是同事是什么？你不要小孩子脾气不改，你现在长大了，要做人了，我把你写成同事是给你做脸，不然老是'学生''学生'的，你哪一天才成人？要记得，你长大了，要做人了！"

那天，我拿着老师的名片去买书，得到了满意的折扣，至于省掉了多少钱我早已忘记，但不能忘记的却是名片背后的那番话。直到那一刻，我才在老师的爱纵推重里知道自己是与学者同其尊与长者同其荣的，我也许看来不"像"老师的同事，却已的确"是"老师的同事了。

竟有一句话使我一夕成长。

种种可爱

作为一个小市民有种种令人生气的事——但幸亏还有种种可爱，让人忍不住地高兴。

中华路有一家卖蜜豆冰的——蜜豆冰原来是属于台中的东西（木瓜牛奶也是），但不知什么时候台北也都有了——门前有一副对联，对联的字写得普普通通，内容更谈不上工整，却是情婉意贴，令人动容。

上句是：我们是来自纯朴的小乡村。

下句是：要做大台北无名的耕耘者。

店名就叫"无名蜜豆冰"。

台北的可爱就在各行各业间平起平坐的大气象。

永康街有一家卖面的，门面比摊子大，比店小，常在门口换广告词，冬天是"100℃的牛肉面"。

春天换上"每天一碗牛肉面，力拔山河气盖世。"

这比"日进斗金"好多了，我每看一次简直就对白话文学多生出一份信心。

有一天在剧场里遇见孟瑶，请她去喝豆浆，同车去的还有俞大纲老师和陈之藩夫人，他们都是戏剧家，很高兴地纵论地方剧，忽然，那驾驶员说：

"川剧和湖北戏也都是有帮腔的呀！"

我肃然起敬，不是为他所讲的话，而是为他说话的架势，那种与一代学者比肩谈话也不失其自信的本色。

台北的人都知道自己有讲话的份，插嘴的份。

好几年前，我想找一个洗衣兼打扫的半工，介绍人找了一位洗衣妇来。

"反正你洗完了我家也是去洗别人家的，何不洗完了就替我打扫一下，我会多算钱的。"

她小声地咕哝了一阵，介绍人郑重宣布：

"她说她不扫地——因为她的兴趣只在洗衣服。"

我起先几乎大笑，但接着不由一凛，原来洗衣服也可以是一个人认真的"兴趣"。

原来即使是在"洗衣"和"扫地"之间，人也要有其一本正经的抉择，有抉择才有自主的尊严。

带一位香港的朋友坐计程车去找一个地方，那条路特别不好找，计程车司机找过了头，然后又折回来。

下车的时候，他坚持要扣下多绕了冤枉路的钱。

"是我看错才走错的，怎么能收你们的钱？"

后来死推活拉，总算用折中的办法，把争执的差额付了。香港的朋友简直看得愣住了，我觉得大有面子。

祝福那位司机！

我家附近有一个卖水果的，本来卖许多种水果，后来改了，只卖木瓜，见我走过，总要说一句：

"老师，我现在卖木瓜了——木瓜专科。"

又过了一阵，他改口说：

"老师，现在更进步了，是木瓜大学了。"

我喜欢他那骄矜自喜的神色，喜欢他四个肤色润泽的活蹦乱跳的孩子——大概都是木瓜大学教育有功吧？

隔巷有位老太太，祭祀很诚，逢年过节总要上供。有一天，我经过她设在门口的供桌，大吃一惊，原来她上供的主菜竟是洋芋沙拉，另外居然还有罐头。

后来想倒也发觉她的可爱，活人既然可以吃沙拉和罐头，让祖宗或神仙换换口味有何不可？

她的没有章法的供菜倒是有其文化交流的意义了。

从前，在中华路平交道口，总是有个北方人在那里卖大饼，我从来没有见过那种大饼整个一块到底有多大，但从边缘的弧度看来直径总超过二尺。

我并不太买那种饼，但每过几个月我总不放心地要去看一眼，我怕吃那种饼的人愈来愈少，卖饼的人会改行，我这人就是"不放心"（和平东路拓宽时，我很着急，生怕师大当局一时兴起，把门口那开满串串黄花的铁刀木砍掉，后来一探还在，高兴得要命）。

那种硬硬厚厚的大饼对我而言差不多是有生命的，北方黄土高原上的生命，我不忍看它在中华路上慢慢绝种。

后来不知怎么搞的，忽然满街都在卖那种大饼，我安心了，真可爱，真好，有一种东西暂时不会绝种了！

华西街是一条好玩的街，儿子对毒蛇发生强烈兴趣的那一阵子我们常去。我们站在毒蛇店门口，一家一家地去看那些百步蛇、眼镜蛇、雨伞蛇……

"那条蛇毒不毒？"我指着一条又粗又大的问店员。

"不被咬到就不毒！"

没料到是这样一句回话，我为之暗自惊叹不已。其实，世事皆可作如是观，有浪，但船没沉，何妨视作无浪，有陷阱，但人未失足，何妨视作坦途。

我常常想起那家蛇店。

有一天在一家公司的墙上看到这样一张小纸条：

"请随手关灯，节约能源，支援十大建设。"

看了以后，一下子觉得十大建设好近好近，好像就是家里的事，让人觉得就像自家厨房里添抽风机或浴室里要添热水炉，或饭厅里要添冰箱的那份热闹亲切的喜气。——有喜气就可以省着过日子，省得扎实有希望。

为了整修"我们咖啡屋"，我到八斗子渔港去买渔网。以前渔网是棉纱的，用山上采来的一种植物染成赭红色，现在一般都用尼龙的了，那种我想要的老式的棉纱渔网已成古董。

终于找到一家有老渔网的，他们也是因为舍不得，所以许多年来一直没丢，谈了半天他们决定了价钱：

“二角三！”

二角三就是二千三百元新台币的意思，我只听见城里市面上的生意人把一万说成一块，没想到在偏僻的八斗子也是这样说的，大家说到钱的时候，全都不当回事，总之是大家都有钱了，把一万元说成一块钱的时候，颇有那种偷偷地志得意满而又谦逊不露的劲头。

有一阵子，我的公交月票掉了，还没有补办好再买的手续以前，我只好每次买票——但是因为平时没养成那份习惯，每看见车来，很自然地跳上去了，等发现自己没有月票，已经人在车上了。

这种时候，车掌多半要我就便在车上跟其他乘客买票——我买了，但等我付钱时那些买主竟然都说：“算了，不要钱了。”一次犹可，连着几次都是这样，使我着急起来，那么多好人，令人“无所逃于天地之间”，长此以往，我岂不成了“免费乘车良策”的发明人了，老是遇见好人也真是让人非常吃不消的事。

我的月票始终没去补办，不过却幸运地被捡到的人辗转寄回来了，我可以高高兴兴地不再受惠于人了——不过偶然想起随便在车上都能遇见那么多肯“施惠于人”的好人，可见好人倒也不少，台北究竟还是个适合人住的地方。

在一家最大规模的公立医院里，看到一个牌子，忍不住笑了起来，那牌子上这样写着：“禁止停车，违者放气。”

我说不出地喜欢它！

老派的公家机关，总不免摆一下衙门脸，尽量在口气上过官瘾，碰到这种情形，不免要说“违者送警”或“违者法办”。

美国人比较干脆，只简简单单的两个大字“No Parking”——“勿停”。

但口气一简单就不免显得太硬。

还是"违者放气"好，不凶霸不懦弱，一点不涉于官方口吻，而且憨直可爱，简直有点孩子气的作风——而且想来这办法绝对有效。

有个朋友姓李，不晓得走路的习惯是偏于内八字或外八字——总之，他的鞋跟老是磨得内外侧不一样厚。

他偶然找到一个鞋匠，请他换鞋跟，很奇怪的，那鞋匠注视了一下，居然说："不用换了，只要把左右互调一下就是了，反正你的两块鞋跟都还有一半是好用的！"

朋友大吃一惊，好心劝告他这样处处替顾客打算，哪里有钱赚，他却也理直气壮：

"该赚的才赚，不该赚的就不赚——这块鞋底明明还能用。"

朋友刮目相看，然后试探性地问他：

"为人做了一辈子事，退了役还得补鞋，政府真对不起你。"

"什么？人人要这样一想还得了，其实只有我们对不起政府，政府哪有什么对不起我们的。"

朋友感动不已，嗫嗫嚅嚅地表示要送他一套旧西装（他真的怕会侮辱他），他倒也坦然接受了。

不知为什么，朋友说这故事给我听的时候，我也不觉得陌生，而且真切得有如今天早晨我才看过那老鞋匠似的。

有一次在急诊室看医生急救病人，病人已经昏迷了，氧气罩也没用了，医生狠劲地用一个类似皮球的东西往里面压缩氧气。

至少是呼吸系统有毛病。

两个医生轮流压，像打仗似的。

渐渐地，他清醒了，但仍说不出话来，医生只好不断发问来让他点头摇头，大概问十几个问题才碰得上一个点头的答案。

他是在路上发病的，一个亲人也没有，送他来的是一个不相干的人。

后来发现他可以写字——虽然他眼睛一直是闭着的。

医生问他的病历，问他是不是服过某些成药，问他现在的感觉，忽然，那医生惊喜地叫了一声：

"写下去，写下去，再写！你写得真好——哎，你的字好漂亮。"

整个急救的过程，我都一面看一面佩服，但是当他用欢呼的声音去赞美那病人不成笔画的字的时候，我却为之感动得哽咽起来。

病人果真一路写下去。

也许那病人想起了什么，虽然闭着眼睛，躺在床上仰面而写，手是从生死边缘被救回来的颤抖不已的手——但还有人在赞美他的字！也许是颜体的，也许是柳体，也许什么都不是，只是一个活着的人写的字，可贵的是此刻他的字是"被赞美的字"。

那医生救人的技能来自课本，但他赞美病人的字迹却来自智慧和爱心，后者更足以使整个急救室像殿堂一样神圣肃穆起来。

有一位父执辈，颇有算八字的癖好，谁家有了刚生的孩子，他总要抢来时辰，免费服务一番——那是他难得实习的机会。

算久了，他倒有一个发现，现代孩子的命普遍都比老一辈好，他又去找同道证实，得到的结论也都一样，他于是很高兴，说：

"世道一定是好的了，要不是世道好，哪有那么多命好的孩子。"

我自己完全不知道八字是怎么一回事，但听到他的话仍不免欢欣雀跃，甚至肃然起敬——为那些一面在排着神秘的八字一面又不忘忧心世事的人。

在澄清湖的小山上爬着，爬到顶，有点疑惑不知该走哪一条路回去，问道于路旁的一个老兵。

那人简直不会说话得出奇，他说：

"看到路——就走，看到路——就走，再看到路——再走，就到了。"

我心里摇头不已，怎么碰到这么呆的指路人！

赌气回头自己走，倒发现那人说的也没错，的确是"看到路——就走"，渐渐地，也能咀嚼出一点那人言语中的诗意来，天下事无非如此，"看到路——就走"，哪有什么一定的金科玉律，一部廿五史岂不是有路就走——没有路就开路，原来万物的事理是可以如此简单明了——简单明了得有如呆人的一句呆话。

西谚说，把幸运的人丢到河里，他都能口衔宝物而归，我大概也是幸运的人，生活在这座城里，虽也有种种倒霉事，但奇怪的是，我记得住的而且在心中把玩不已的全是这些可爱的片段！这些从生活的渊泽里捞起来的种种不尽的可爱。

种种有情

　　有时候，我到水饺店去，饺子端上来的时候，我总是怔怔地望着那一个个透明饱满的形体，北方人叫它"冒气的元宝"，其实它比冷硬的元宝好多了，饺子自身是一个完美的世界，一张薄茧，包覆着简单而又丰盈的美味。

　　我特别喜欢看的是捏合饺子边皮留下的指纹，世界如此冷漠，天地和文明可能在一刹那之间化为炭劫，但无论如何，当我坐在桌前，上面摆着的某个人亲手捏合的饺子，热雾腾腾中，指纹美如古陶器上的雕痕，吃饺子简直可以因而神圣起来。

　　"手泽"为什么一定要拿来形容书法呢？一切完美的留痕，甚至饺皮上的指纹不都是美丽的手泽吗？我忽然感到万物的有情。

　　巷口一家饺子馆的招牌是"正宗川味山东饺子馆"，也许是一个四川人和一个山东人合开的，我喜欢那招牌，觉得简直可以画上《清明上河图》，那上面还有电话号码，前面注着"TEL"，算是有了三个英文字母，至于号码本身，写的当然是阿拉伯文，一个小招牌，能涵容了四川、山东、中文、阿拉伯（数）字、英文，不能不说是一种可爱。

校车反正是每天都要坐的，而坐车看书也是每天例有的习惯，有一天，车过中山北路，劈头栽下一片叶子竟把手里的宋诗打得有了声音，多么令人惊异的断句法。

原来是通风窗里掉下来的，也不知是刚刚新落的叶子，还是某棵树上的叶子在某时候某地方，偶然憩在偶过的车顶上，此刻又偶然掉下来的，我把叶子揉碎，它是早死了，在此刻，它的芳香在我的两掌复活，我揸开微绿的指尖，竟恍惚自觉是一棵初生的树，并且刚抽出两片新芽，碧绿而芬芳，温暖而多血，镂饰着奇异的脉络和纹路，一叶在左，一叶在右，我是庄严地合着掌的一截新芽。

两年前的夏天，我们到堪萨斯去看朱和他的全家——标准的神仙眷属，博士的先生，硕士的妻子，数目"恰恰好"的孩子，可靠的年薪，高尚住宅区里的房子，房子前的草坪，草坪外的绿树，绿树外的蓝天……

临行，打算合照一张，我四下浏览，无心地说："啊，就在你们这棵柳树下面照好不好？"

"我们的柳树。"朱忽然回过头来，正色地说，"什么叫我们的柳树？我们反正是随时可以走的！我随时可以让它不是'我们的柳树'。"

一年以后，他和全家都回来了，不知堪萨斯城的那棵树如今属于谁——但朱属于这块土地，他的门前不再有柳树了，他只能把自己栽成这块土地上的一片绿意。

春天，中山北路的红砖道上有人手拿着用粗绒线做的长腿怪鸟在兜卖，风吹着鸟的瘦胫，飘飘然好像真会走路的样子。

有些外国人忍不住停下来买一只。

忽然，有个中国女人停了下来，她不顶年轻，大概三十左右，一看就知是由于精明干练日子过得很忙碌的女人。

"这东西很好，"她抓住小贩，"一定要外销，一定赚钱，你到××路××巷×号二楼上去，一进门有个×小姐，你去找她，她一定会想办法给你弄外销！"

然后她又回头重复了一次地址，才放心走开。

台湾怎能不富？连路上不相干的路人也会指点别人怎么做外销，其实，那种东西厂商也许早就做外销了，但那女人的热心，真是可爱得紧。

暑假里到中部乡下去，弯入一个岔道，在一棵大榕树底下看到一个身架特别小的孩子，把几根绳索吊在大树上，他自己站在一张小板凳上，结着简单的结，要把那几根绳索编成一个网花盆的吊篮。

他的母亲对着他坐在大门口，一边照顾着杂货店，一边也编着美丽的结，蝉声满树，我停下来搭讪着和那妇人说话，问她卖不卖，她告诉我不能卖，因为厂方签好契约是要外销的，带路的当地朋友说他们全是不露声色的财主。

我想起那年在美国逛梅西公司，问柜台小姐那架录音机是不是台湾做的，她回了一句："当然，反正什么都是日本跟台湾来的。"

我一直怀念那条乡下无名的小路，路旁那一对富足的母子，以及他们怎样在满地绿荫里相对坐编那织满了蝉声的吊篮。

我习惯请一位姓赖的油漆工人，他是客家人，哥哥做木工，一家人彼此生意都有照顾。有一年我打电话找他们，居然不在，因为到关岛去做工程了。

过了一年才回来。

"你们也是要三年出师吧。"有一次我没话找话跟他们闲聊。

"不用,现在两年就行。"

"怎么短了?"

"当然,现代人比较聪明!"

听他说得一本正经,顿时对人类前途都觉得乐观起来,现代的学徒不用生炉子,不用倒马桶,不用替老板娘抱孩子,当然两年就行了。

我一直记得他们一口咬定现代人比较聪明时脸上那份尊严的笑容。

学校下面是一所大医院,黄昏的时候,病人出来散步,有些探病的人也三三两两地散步。

那天,我在山径上便遇见了几个这样的人。

习惯上,我喜欢走慢些去偷听别人说话。

其中有一个人,抱怨钱不经用,抱怨着抱怨着,像所有的中老年人一样,话题忽然就回到四十年前一块钱能买几百个鸡蛋的老故事上去了。

忽然,有一个人憋不住地叫了起来:"你知道吗?抗战前,我念初中,有一次在街上捡到一张钱,哎呀,后来我等了一个礼拜天,拿着那张钱进城去,又吃了馆子,又吃了冰淇淋,又买了球鞋,又买了字典,又看了电影,哎呀,钱居然还没有花完呐……"

山径渐高,黄昏渐冷。

我驻下脚,看他们渐渐走远,不知为什么,心中涌满对黄昏时分霜鬓的陌生客的关爱,四十年前的一个小男孩,曾被突来的好运弄得多么愉快,四十年后山径上薄凉的黄昏,他仍然不能忘记……不知为什么,我忽然觉得那人只是一个小男孩，如果可能，我愿意自己是那掉钱的人，让人世中平白多出一段传奇故事……

无论如何，能去细味另一个人的惆怅也是一件好事吧。

元旦的清晨，天气异样的好，不是风和日丽的那种好，是清朗见底毫无渣滓的一种澄澈，我坐在计程车上赶赴一个会，路遇红灯时，车龙全停了下来，我无聊地探头窗外，只见两个年轻人骑着机车，其中一个说了几句话忽然兴奋地大叫起来："真是个好主意啊！"我不知他们想出了什么好主意，但看他们阳光下无邪的笑意，也忍不住跟着高兴起来，不知道他们的主意是什么主意，但能在偶然的红灯前遇见一个以前没见过以后也不会见到的人真是一个奇异的机缘。他们的脸我是记不住的，但那不重要，重要的是我记得他们石破天惊的欢呼，他们或许去郊游，或许去野餐，或许去访问一个美丽的笑靥如花的女孩，他们有没有得到他们预期的喜悦，我不知道，但我至少得到了，我惊喜于我能分享一个陌路的未曾成形的喜悦。

有一次，路过香港，有事要和乔宏的太太联络，习惯上我喜欢凌晨或午夜打电话——因为那时候忙碌的人才可能在家。

"你是早起的还是晚睡的？"

她愣了一下。

"我是既早起又晚睡的，孩子要上学，所以要早起，丈夫要拍戏，所以晚睡——随你多早多晚打来都行。"

这次轮到我愣了，她真厉害，可是厉害的不止她一个人。其实，所有为人妻为人母的大概都有这份本事——只是她们看起来又那样平凡，平凡得自己都弄不懂自己竟有那么大的本领。

女人，真是一种奇怪的人，她可以没有籍贯、没有职业，甚至没有名字地跟着丈夫活着，她什么都给了人，她年老的时候拿不到一文退休金，但她却活得那么有劲头，她可以早起可以晚睡，可以吃得极少，可以永无休假地做下去。她一辈子并不清楚自己是在付出还是在拥有。

资深主妇真是一种既可爱又可敬的角色。

文艺会谈结束的那天中午，我因为要赶回宿舍找东西，午餐会迟到了三分钟，慌慌张张地钻进餐厅，席次都坐好了，大家已经开始吃了，忽然有人招呼我过去坐，那里刚好空着一个座位，我不加考虑地就走过去了。

等走到面前，我才呆了，那是谢东闵先生右首的位子，刚才显然是由于大家谦虚而变成了空位，此刻却变成了我这个冒失鬼的位子，我浑身不自在起来，跟"大官"一起总是件令人手足无措的事。

忽然，他转过头来向我道歉：

"我该给你夹菜的，可是，你看，我的右手不方便，真对不起，不能替你服务了，你自己要多吃点。"

我一时傻眼望着他，以及他的手，不知该说什么，那只伤痕犹在的手忽然美丽起来，炸得掉的是手指，炸不掉的是一个人的风格和气度，我拼命忍住眼泪，我知道，此刻，我不是坐在一个"大官"旁边，而是一个温煦的"人"的旁边。

经过火车站的时候，我总忍不住要去看留言牌。

那些粉笔字不知道铁路局允许它保留半天或一天，它们不是宣纸上的书法，不是金石上的篆刻，不是小笺上的墨痕，它们注定立刻便要消逝——但它们存在的时候，它是多好的一根丝缕，就那样绾住了人间种种的牵牵绊绊。

我竟把那些句子抄了下来：

缎：久候未遇，已返，请来龙泉见。

春花：等你不见，我走了（我两点再来）。荣。

展：我与姨妈往内埔姐家，晚上九时不来等你。

每次看到那样的字总觉得好，觉得那些不遇、焦灼、愚痴中也自有一份可爱，一份人间的必要的温度。

还有一个人，也不署名，也没称谓，只扎手扎脚地写了"吾走矣"三个大字，板黑字白，气势好像要突破挂板飞去的样子。也不知道究竟是写给某一个人看的，还是写给过往来客的一句诗偈，总之，令人看得心头一震！

《红楼梦》里麻鞋鹑衣的疯道人可以一路唱着《好了歌》，告诉世人万般"好"都是因为"了断"尘缘，但为什么要了断呢？每次我望着大小驿站中的留言牌，总觉万般的好都是因为不了不断、不能割舍而来的。

天地也无非是风雨中的一座驿亭，人生也无非是种种羁心绊意的事和情，能题诗在壁总是好的！

常常，我想起那座山。

人类和山的恋爱也是如此，相遇在无限的时间，交会于无限的空间，一个小小的恋情缔结在那交叉点上，又如一个小小鸟巢，偶筑在纵横交错的枝柯间。

不识

两个人坐着谈话，其中一个是高僧，另一个是皇帝，皇帝说："你识得我是谁吗？我——就是这个坐在你对面的人。"

"不，不识。"

他其实是认识并了解那皇帝的，但是他却回答说"不识"。也许在他看来，人与人之间其实都是不识的。谁又曾经真正认识过另一个人呢？传记作家也许可以把翔实的资料一一列举，但那人却并不在资料里——没有人是可以用资料来加以还原的。

而就连我们自己，也未必识得自己吧？杜甫，终其一生，都希望做个有所建树、救民于水火的好官。对于自己身后可能以文章名世，他反而不无遗憾的。他似乎从来不知道自己是唐代最优秀的诗人，如果命运之神允许他以诗才来换官位，他会换的。

家人至亲，我们自以为极亲爱极了解的，其实我们所知道的也只是肤表的事件而不是刻骨的感觉。刻骨的感觉不能重现，它随风而逝，连事件的主人也不能再拾。

而我们面对面却瞠目不相识的，恐怕是生命本身吧？我们活着，却不知道何谓生命，更不知道何谓死亡。

父亲的追思会上，我问弟弟："追述生平，就由你来吧？你是儿子。"

弟弟沉吟了一下，说："我可以，不过我觉得你知道的事情更多些，有些事情，我们小的没赶上。"

然而，我真的知道父亲吗？五指山上，朔风野大，阳光辉丽，草坪四尺下，便是父亲埋骨的所在。我站在那里一面看山下的红尘深处密如蚁垤的楼宇，一面问自己："这墓穴中的身体是谁呢？"

虽然隔着棺木隔着水泥，我看不见，但我也知道那是一副溃烂的肉躯。怎么可以这样呢？一个至亲至爱的父亲怎么可以一霎时化为一堆陌生的腐肉呢？

也许从宗教意义言，肉体只是暂时居住的房子，屋主终有搬迁之日。然而，与原屋之间总该有个徘徊顾却之意吧？造物主怎可以如此绝情，让肉体接受那化作粪壤的宿命？

我该承认这一抔黄土中的腐肉为父亲呢？或是那优游于濠鸿中的才是呢？我曾认识过死亡吗？我曾认识过父亲吗？我愕然不知怎么回答。

"小的时候，家里穷，除了过年，平时都没有肉吃。如果有客人来，就去熟肉铺子切一点肉，偶然有个挑担子卖花生米小鱼的人经过，我们小孩子就跟着那人走。没得吃，看看也是好的。我们就这样跟着跟着，一直走，都走到隔壁庄子去了，就是舍不得回头。"

那是我所知道的，他最早的童年故事。我有时忍不住，想掏把钱塞给那九十年前的馋嘴小男孩。想买一把花生米小鱼填填他的嘴，并且叫他不要再跟着小贩走，应该赶快回家去了……

我问我自己，你真的了解那小男孩吗？还是你只不过在听故事？如果你不曾穷过饿过，那小男孩巴巴的眼神你又怎么读得懂呢？

我想，我并不明白那贫穷的小孩，那傻乎乎地跟着小贩走的小男孩。

读完徐州城里的第七师范的附小，他打算读第七师范，家人带他去见一位堂叔，目的是借钱。

堂叔站起身来，从一把旧铜壶里掏出二十一块银元，那只壶从梁柱上直吊下来，算是家中的保险柜吧？

读师范不用钱，但制服棉被杂物却都要钱，堂叔的那二十一块钱改变了父亲的一生。

很想追上前去看一看那目光炯炯的少年，渴于知识渴于上进的少年。我很想看一看那堂叔看着他的爱怜的眼色。他必是族人中最聪明俊发的孩子，堂叔才慨然答应借钱的吧！听说小学时代，他每天上学都不从市内走路，嫌人车杂沓，他宁可绕着古城周围的城墙走，城墙上人少，他一面走，一面大声背书。那意气飞扬的男孩，天下好像没有可以难倒他的事。他走着、跑着，自觉古人的智慧因背诵而尽入胸中，一个志得意满的优秀小学生。

然而，我真认识那孩子吗？那个捧着二十一块银元来向这个世界打天下的孩子。我平生读书不过只求随缘尽兴而已，我大概不能懂得那一心苦读求上进的人，那孩子，我不能算是深识他。

"台湾出的东西，有些我们老家有，像桃子。有些我们老家没有，像木瓜番石榴。"父亲说，"没有的，就不去讲它，凡是有的，我们老家的就一定比台湾的好。"

我有点反感，他为什么一定要坚持老家的东西比这里的好呢？他离开老家都已经这么多年了，为什么还坚持老家的最好？

　　"譬如说这香椿吧，"他指着院子里的香椿树，"台湾的，长这么细细小小一株。在我们老家，那可是和榕树一样的大树咧！而且台湾是热带，一年到头都能长新芽，那芽也就不嫩了。在我们老家，只有春天才冒得出新芽来，所以那个冒法，你就不知道了。忽然一下，所有的嫩芽全冒出来了，又厚又多汁，大人小孩全来采呀，采下来用盐一揉，放在格架上晾，一面晾，那架子上腌出来的卤汁就呼噜——呼噜——的一直流，下面就用盆接着，那卤汁下起面来，那个香呀——"

　　我吃过韩国进口的盐腌香椿芽，从它的形貌看来，揣想它未腌之前一定也极肥厚，故乡的香椿芽想来也是如此。但父亲形容香椿在腌制的过程中竟会"呼噜——呼噜——"流汁，我被他言语中的状声词所惊动，那香椿树竟在我心里成为一座地标，我每次都循着那株椿树去寻找父亲的故乡。

　　但我真的明白那棵树吗？我真的明白在半个世纪之后，坐在阳光璀璨的屏东城里，父亲向我娓娓谈起的那棵树吗？

　　父亲晚年，我推轮椅带他上南京中山陵，只因他曾跟我说过："总理下葬的时候，我是军校学生，上面在我们中间选了些人去抬棺材。我被选上了，事先还得预习呢！预习的时候棺材里都装些石头……"

　　他对总理一心崇敬——这一点，恐怕我也无法十分了然。我当然也同意孙中山是可佩服的，但恐怕未必那么百分之百心悦诚服。

　　能有一人令你死心塌地，生死追随，不作他想，父亲应该是幸福的。——而这种幸福，我并不能体会。

父亲说，他真正的兴趣在生物，我听了十分错愕。我还一直以为是军事学呢！抗战前后，他加入了一个国际植物学会，不时向会里提供全国各地植物的资讯，我对他惊人的耐心感到不解。由于职业的关系，他跑遍大江南北，他将各地的萝卜、茄子、芹菜、白菜长得不一样的情况一一汇集报告给学会。在那个时代，我想那学会接到这位中国会员热心的讯息，也多少要吃一惊吧？

啊，他究竟是怎样的一个人呢？我对他万分好奇，如果他晚生五十年，如果他生而为我的弟弟，我是多么愿意好好培植他成为一个植物学家啊！在那一身草绿色的军服下面，他其实有着一颗生物学者的心。我小时候，他教导我的，几乎全是生物知识，我至今看到螳螂的卵仍十分惊动，那是我幼年行经田野时父亲教我辨认的。

每次他和我谈生物的时候，我都惊讶，仿佛我本来另有一个父亲，却未得成长践形。父亲也为此抱憾吗？或者他已认了？

而我不知道。

年轻时的父亲，有一次去打猎，一枪射出，一只小鸟应声而落，他捡起小鸟一看，小鸟已肚破肠流，他手里提着那温热的肉体，看着那腹腔之内一一俱全的五脏，忽然决定终其一生不再射猎。

父亲在同事间并不是一个好相处的人，听母亲说有人给他起个外号叫"杠子手"，意思是耿直不圆转，他听了也不气，只笑笑说"山难改，性难移"。他是很以自己的方正棱然自豪的，从来不屑于改正。然而这个清晨，在树林里，对一只小鸟，他却生慈柔之心，誓言从此不射猎。

父亲的性格如铁如砧，却也如风如水——我何尝真正了解过他？

《红楼梦》第一百二十回，贾政眼看着光头赤脚身披红斗篷的宝玉向他拜了四拜，转身而去，消失在茫茫雪原里，说："竟哄了老太太十九年，如今叫我才明白……"

贾府上下数百人，谁又曾明白宝玉呢？家人之间，亦未必真能互相解读吧？

我于我父亲，想来也是如此无知无识。他的悲喜、他的起落、他的得意与哀伤、他的憾恨与自足，我哪里都能一一探知、一一感同身受呢？

蒲公英的散蓬能叙述花托吗？不，它只知道自己在一阵风后身不由己地和花托相失相散了，它只记得叶嫩花初之际，被轻轻托住的安全的感觉。它只知道，后来，就一切都散了，胜利的也许是生命本身，草原上的某处，会有新的蒲公英冒出来。

我终于明白，我还是不能明白父亲。至亲如父女，也只能如此。世间没有谁识得谁，正如那位高僧说的。

我觉得痛，却亦转觉释然，为我本来就无能认识的生命，为我本来就无能认识的死亡，以及不曾真正认识的父亲。原来没有谁可以彻骨认识谁，原来，我也只是如此无知无识。

常常，我想起那座山

一方纸镇

常常，我想起那座山。

它沉沉稳稳地驻在那块土地上，像一方纸镇。美丽凝重，并且深情地压住这张纸，使我们可以在这张纸上写属于我们的历史。

有时是在市声沸天、市尘弥地的台北街头，有时是在拥挤而又落寞的公共汽车站，有时是在异国旅舍中凭窗而望，有时是在扼腕奋臂、抚胸欲狂的大痛之际，我总会想起那座山。

或者在眼中，或者在胸中，是中国人，就从心里想要一座山。

孔子需要一座泰山，让他发现天下之小。

李白需要一座敬亭山，让他在云飞鸟尽之际有"相看两不厌"的对象。

辛稼轩需要一座妩媚的青山，让他感到自己跟山相像的"情与貌"。

是中国人，就有权利向上帝要一座山。

我要的那一座山叫拉拉山。

山跟山都拉起手来了

"拉拉是泰雅话吗？"我问胡，那个泰雅司机。

"是的。"

"拉拉是什么意思？"

"我也不知道，"他抓了一阵头，忽然又高兴地说，"哦，大概是因为这里也是山，那里也是山，山跟山都拉起手来了，所以就叫拉拉山啦！"

我怎么会想起来用中文的字来解释泰雅的发音的？但我不得不喜欢这种诗人式的解释，一点也不假，他话刚说完，我抬头一望，只见活鲜鲜的青色一刷刷地刷到人眼里来，山头跟山头正手拉着手，围成一个美丽的圈子。

风景是有性格的

十一月，天气一径地晴着，薄凉，但一径地晴着，天气太好的时候我总是不安，看好风好日这样日复一日地好下去，我说不上来地焦急。

我决心要到山里去一趟，一个人。

说得更清楚些，一个人，一个成年的女人，活得很兴头的一个女人，既不逃避什么，也不为了出来"散心"——恐怕反而是出来"收心"，收她散在四方的心。

一个人，带一块面包，几个黄橙，去朝山谒水。

有的风景的存在几乎是专为了吓人，如大峡谷，它让你猝然发觉自己渺如微尘的身世。

有些风景又令人惆怅，如小桥流水（也许还加上一株垂柳，以及模糊的鸡犬声），它让你发觉，本来该走得进去的世界，却不知为什么竟走不进去了。

有些风景极安全，它不猛触你，它不骚扰你，像罗马街头的喷泉，它只是风景，它只供你拍照。

但我要的是一处让我怦然心动的风景，像宝玉初见黛玉，不见眉眼，不见肌肤，只神情恍惚地说：

"这个妹妹，我曾见过的。"

他又解释道："虽没见过，却看着面善，心里倒像是远别重逢的一般。"

我要的是一个似曾相识的山水——不管是在王维的诗里初识的，在柳宗元的《永州八记》里遇到过的，在石涛的水墨里咀嚼而成了瘾的，或在魂里梦里点点滴滴一石一木蕴积而有了情的。

我要的一种风景是我可以看它也可以被它看的那种，我要一片"此山即我，我即此山，此水如我，我如此水"的熟悉世界。

有没有一种山水是可以与我辗转互相注释的？有没有一种山水是可以与我互相印证的？

包装纸

像歌剧的序曲，车行一路都是山，小规模的，你感到一段隐约的主旋律就要出现了。

忽然，摩托车经过，有人在后座载满了野芋叶子，一张密叠着一张，横的叠了五尺，高的约四尺，远看是巍巍然一块大绿玉。想起余光中的诗——

> 那就折一张阔些的荷叶
>
> 包一片月光回去
>
> 回去夹在唐诗里
>
> 扁扁的，像压过的相思

台湾荷叶不多，但满山都是阔大的野芋叶，心形，绿得叫人喘不过气来，真是一种奇怪的叶子。曾经，我们在市场上芭蕉叶可以包一方豆腐，野芋叶可以包一片猪肉——那种包装纸真豪华。

一路上居然陆续看见许多载运野芋叶子的摩托车，明天市场上会出现多少美丽的包装纸啊！

肃然

　　山色愈来愈矜持，秋色愈来愈透明，我开始正襟危坐，如果米颠为一块石头而免冠下拜，那么，我该如何面对叠石万千的山呢？

　　车子往上升，太阳往下掉，金碧的夕晖在大片山坡上徘徊顾却，不知该留下来依属山，还是追上去殉落日。

　　和黄昏一起，我到了复兴。

它在那里绿着

　　小径的尽头，在芦苇的缺口处，可以俯瞰大汉溪。

　　溪极绿。

　　暮色渐渐深了，奇怪的是溪水的绿色顽强地裂开暮色，坚持地维护着自己的色调。

　　天全黑了，我惊讶地发现那道绿，仍旧虎虎有力地在流，在黑暗里我闭了眼都能看得见。

　　或见或不见，我知道它在那里绿着。

赏梅，于梅花未著时

庭中有梅，大约一百株。

"花期还有三四十天。"山庄里的人这样告诉我，虽然是已凉未寒的天气。

梅叶已凋尽，梅花尚未剪裁，我只能伫立细赏梅树清奇磊落的骨骼。

梅骨是极深的土褐色，和岩石同色。更像岩石的是，梅骨上也布满苍苔的斑点，它甚至有岩石的粗糙风霜、岩石的裂痕、岩石的苍老嶙峋。梅的枝枝柯柯交抱成一把，竟是抽成线状的岩石。

不可想象的是，这样寂然不动的岩石里，怎能迸出花来呢？

如何那枯瘠的皴枝中竟锁有那样多莹光四射的花瓣？以及那么多日后绿得透明的小叶子，它们此刻都在哪里？为什么独有怀孕的花树如此清奇苍古？那万千花胎怎会藏得如此秘密？

我几乎想剖开枝子掘开地，看看那来日要在月下浮动的暗香在哪里？看看来日可以欺霜傲雪的洁白在哪里？它们必然正在斋戒沐浴，等候神圣的召唤，在某一个北风凄紧的夜里，它们会忽然一起白给天下看。

隔着千里，王维能回首看见故乡绮窗下记忆中的那株寒梅。隔着三四十天的花期，我在枯皴的树臂中预见想象中的璀璨。

于无声处听惊雷，于无色处见繁花，原来并不是不可以的！

神秘经验

深夜醒来，我独自走到庭中。

四下是彻底的黑，衬得满天星子水清清的。

好久没有领略黑色的美了。想起托尔斯泰笔下的《安娜·卡列尼娜》，在舞会里，别的女孩以为她要穿紫罗兰色的衣服，但她竟穿了一件墨黑的，项间一圈晶莹剔亮的钻石，风华绝代。

文明把黑夜弄脏了，黑色是一种极娇贵的颜色，比白色更沾不得异物。

黑夜里，繁星下，大树兀然矗立，看起来比白天更高大。

日据时期留下的那所老屋，一片瓦叠一片瓦，说不尽的沧桑。

忽然，我感到自己让桂香包围了。

一定有一棵桂树，我看不见，可是，当然，它是在那里的。桂树是一种在白天都不容易看见的树，何况在黑如松烟的夜里。如果一定要找，用鼻子应该也找得到。但，何必呢？找到桂树并不重要，能站在桂花浓馥古典的香味里，听那气息在噏吐些什么，才是重要的。

我在庭园里绕了几圈，又毫无错误地回到桂花的疆界里，直到我的整个肺部甜馥起来。

有如一个信徒和神明之间的神秘经验，那夜的桂花对我而言，也是一场神秘经验。有一种花，你没有看见，却笃信它存在。有一种声音，你没有听见，却自知你了解。

当我去即山

我去即山，搭第一班早车。车只到巴陵（好个令人心惊的地名），要去拉拉山——神木的居所——还要走四个小时。

可是，当我前去即山，当班车像一只无桨无楫的舟一路荡过绿波绿涛，我一方面感到作为一个人或一头动物的喜悦，可以去攀援绝峰，可以去横穿大漠，可以去莺飞草长或穷山恶水的任何地方，但一方面也惊骇地发现，山，也来即我了。

我去即山，越过的是空间，平的空间，以及直的空间。

但山来即我，越过的是时间，从太初，它缓慢地走来，一场十万年或百万年的约会。

当我去即山，山早已来即我，我们终于相遇。

张爱玲谈到爱情，这样说：

"于千万人之中遇见你所遇见的人，于千万年之中，时间的无涯的荒野里，没有早一步，也没有晚一步，刚巧赶上了，也没有别的话可说，唯有轻轻地问一声：'噢，你也在这里吗？'"

人类和山的恋爱也是如此，相遇在无限的时间，交会于无限的空间，一个小小的恋情缔结在那交叉点上，又如一个小小鸟巢，偶筑在纵横交错的枝柯间。

地名

地名、人名、书名，和一切文人雅居虽铭刻于金石事实上却根本不存在的楼斋亭阁，都令我愕然久之。（那些图章上的地名，既不能说它是真的，也不能说它是假的，只能说，它构思在方寸之间的心中，营筑在分寸之内的玉石。）

中国人的命名恒是如此慎重庄严。

通往巴陵的路上，无边的烟缭雾绕中猛然跳出一个路牌让我惊讶，那名字是：

雪雾闹

我站起来，不相信似的张望了又张望，车上有人在睡，有人在发呆，没有人理会那名字，只有我暗自吃惊。唉，住在山里的人是已经养成对美的抵抗力了，像刘禹锡的诗"司空见惯浑闲事，断尽江南刺史肠"。而我亦是脆弱的，一点点美，已经让我承受不起了，何况这种意外蹦出来的，突发的美好。何况在山叠山、水错水的高绝之处，有一个这样的名字。是一句沉实紧密的诗啊，那名字。

名字如果好得很正常，倒也罢了，例如"云霞坪"，已经好得很够分量了，但"雪雾闹"好得过分，让我张皇失措，几乎失态。

"红杏枝头春意闹"，但那种闹只是闺中乖女孩偶然的冶艳。而雪雾纠缠，那里面就有了天玄地黄的大气魄，是乾坤的判然分明的对立，也是乾坤的浑然一体的含同。

像把一句密加圈点的诗句留在诗册里，我把那名字留在山巅水涯，继续前行。

谢谢阿姨

车过高义，许多背着书包的小孩下了车。高义小学在那上面。

在台湾，无论走到多高的山上，你总会看见一所小学，灰水泥的墙，红字，有一种简单的不喧不嚣的美。

小孩下车时，也不知是不是校长吩咐的，每一个都毕恭毕敬地对司机和车掌大声地说："谢谢阿姨！""谢谢伯伯！"

在这种车上服务真幸福。

愿那些小孩永远不知道付了钱就叫"顾客"，愿他们永远不知道"顾客永远是对的"的片面道德。

是清早的第一班车，是晨雾未晞的通往教室的小径，是刚刚开始背书包的孩子，一声"谢谢"，太阳蔼然地升起来。

山水的巨帙

峰回路转，时而是左眼读水，右眼阅山，时而是左眼披览一页页的山，时而是右眼圈点一行行的水——山水的巨帙是如此观之不尽。

作为高山路线上的一个车掌必然很愉悦吧？早晨，看东山的影子如何去覆罩西山，黄昏的收班车则看回过头来的影子从西山覆罩东山。山径只是无限的整体大片上的一条细线，车子则是千回百折的在线的一个小点。但其间亦自是一段小小的人生，也充满大千世界的种种观照。

不管车往哪里走，奇怪的是梯田的阶层总能跟上来，中国人真是不可思议，他们硬是把峰峦当平地来耕作。

我想送梯田一个名字——"层层香"，说得更清楚点，是层层稻香，层层汗水的芬芳。

巴陵是公路局车站的终点。

像一切的大巴士的山线终站，那其间有着说不出来的小小繁华和小小的寂寞——一间客栈，一间山庄，一家兼卖肉丝面和猪头肉的票亭，几家山产店，几家人家，一片有意无意的小花圃，车来时，扬起一阵沙尘，然后沉寂。

公交车的终点站是出租车起点，要往巴陵还有三小时的脚程，我订了一辆车，司机是胡先生，泰雅人，有问必答，车子如果不遇山崩，可以走到比巴陵更深的深山。

山里出租车其实是不计程的，连计程表也省得装了，开山路，车子耗损大，通常是一个人或好些人合包一辆车。价钱当然比计程贵，但坐车当然比坐滑竿坐轿子人道多了，我喜欢看见到人和我平起平坐。

我坐在前座，和驾驶一起，文明社会的礼节到这里是不必讲求了，我选择前座是因为它既便于谈话，又便于看山看水。

车虽是我一人包的，但一路上他老是停下来载人，一会儿是从小路上冲来的小孩——那是他家老五，一会儿又搭乘一位做活的女工，有时他又热心地大叫：

"喂，我来帮你带菜！"

许多人上车又下车，许多东西搬上又搬下，看他连问都不问一声就理直气壮地载人载货，我觉得很高兴。

"这是我家！"他说着，跳下车，大声跟他太太说话。

天！漂亮的西式平房。

他告诉我那里是他正在兴盖的旅舍，他告诉我他们的土地值三万元一坪，他告诉我山坡上哪一片是水蜜桃，哪一片是苹果……

"要是你四月来，苹果花开，哼！……"

这人说话老是让我想起现代诗。

"我们山地人不喝开水的——山里的水拿起来就喝！"

"喏，这种草叫'嗯桑'，我们从前吃了生肉要是肚子痛就吃它。"

"停车，停车。"这一次是我自己叫停的，我仔细端详了那种草，锯齿边的尖叶，满山遍野都是，从一尺到一人高，顶端开着隐藏的小黄花，闻起来极清香。

我摘了一把，并且撕一片像中指大小的叶子开始咀嚼，老天！真苦得要死，但我狠下心至少也得吃下那一片，我总共花了三个半小时，才吃完那一片叶子。

"那是芙蓉花吗？"

我种过一种芙蓉花，初绽时是白的，开着开着就变成了粉的，最后变成凄艳的红。

我觉得路旁那些应该是野生的山芙蓉。

"山里花那么多，谁晓得？"

车子在凹凹凸凸的路上，往前蹦着。我不讨厌这种路——因为太讨厌被平直光滑的大道把你一路输送到风景站的无聊。

当年孔丘乘车，遇人就"凭车而轼"，我一路行去，也无限欢欣地向所有的花，所有的蝶，所有的鸟，以及不知名的蔓生在地上的浆果行"车上致敬礼"。

"到这里为止，车子开不过去了，"司机说，"下午我来接你。"

山水的圣谕

我终于独自一人了。

独自一人来面领山水的圣谕。

一片大地能昂起几座山？一座山能涌出多少树？一棵树里能秘藏多少鸟？一声鸟鸣能婉转倾泻多少天机？

鸟声真是一种奇怪的音乐——鸟愈叫，山愈幽深寂静。

流云匆匆从树隙穿过——云是山的使者吧——我竟是闲于闲云的一个。

"喂！"我坐在树下，叫住云，学当年孔子，叫趋庭而过的鲤，并且愉快地问它，"你学了诗没有？"

并不渴，在十一月山间的新凉中，但每看到山泉我仍然忍不住停下来喝一口。雨后初晴的早晨，山中轰轰然全是水声，插手入寒泉，只觉自己也是一片冰心在玉壶。而人世在哪里？当我一插手之际，红尘中几人生了？几人死了？几人灭情灭欲大彻大悟了？

剪水为衣，抟山为钵，山水的衣钵可授之何人？叩山为钟鸣，抚水成琴弦，山水的清音谁是知者？山是千绕百折的璇玑图，水是逆流而读或顺流而读都美丽的回文诗，山水的诗情谁来管领？

视脚下的深涧，浪花翻涌，一直，我以为浪是水的一种偶然，一种偶然搅起的激情。但行到此处，我忽竟发现不然，应该说水是浪的一种偶然，平流的水是浪花偶尔憩息时的宁静。

同样是岛，同样有山，不知为什么，香港的山里就没有这份云来雾往、朝烟夕岚以及千层山万重水的故乡的味。香港没有极高的山，极巨的神木。香港的景也不能说不好，只是一览无余，坦然得令人不习惯。

对一个中国人而言，烟岚是山的呼吸，而拉拉山，此刻正在徐舒地深呼吸。

在

小的时候老师点名，我们一一举手说：

"在！"

当我来到拉拉山，山在。

当我访水，水在。

还有，万物皆在，还有，岁月也在。

转过一个弯，神木便在那里，在海拔一千八百米的地方，在拉拉山与塔曼山之间，以它五十四米的身高，面对不满一米六的我。

它在，我在，我们彼此对望着。

想起刚才在路上我曾问司机：

"都说神木是一个教授发现的，他发现以前你们知道不知道？"

"哈，我们早就知道啦，从小孩子时就知道，大家都知道的嘛！它早就在那里了！"

被发现，或不被发现，被命名，或不被命名，被一个泰雅人的山地小孩知道，或被森林系的教授知道，它反正在那里。

心情又激动又平静：激动，因为它超乎想象的巨大庄严；平静，是因为觉得它理该如此，它理该如此妥帖地拔地擎天，它理该如此是一座倒生的翡翠矿，需要用仰角去挖掘。

路旁钉着几张原木椅子，长满了苔藓，野蕨从木板裂开的瘢目间冒生出来，是谁坐在这张椅子上把它坐出一片苔痕？是那叫作"时间"的过客吗？

再往前，是更高的一株神木叫复兴二号。

再走，仍有神木，再走，还有。这里是神木家族的聚居之处。

十一点了，秋山在此刻竟也是阳光炙人的，我躺在复兴二号下面，想起唐人的传奇，虬髯客不带一丝邪念卧看红拂女梳垂地的长发，那景象真华丽。我此刻也卧看大树在风中梳着那满头青丝，所不同的是，我也有华发绿鬓，跟巨木相向苍翠。

人行到复兴一号下面，忽然有些悲怆，这是胸腔最阔大的一棵，直立在空无凭依的小山坡上，似乎被雷殛过，有些地方劈剖开来，老干枯败苍古，分叉部分却活着。

怎么会有一棵树同时包括死之深沉和生之愉悦？！

坐在树根上，惊看枕月衾云的众枝柯，忽然，一滴水，棒喝似的打到头上。那枝柯间也有汉武帝所喜欢的承露盘吗？

真的，我问我自己，为什么要来看神木呢？对生计而言，神木当然不及番石榴树，而番石榴，又不及稻子麦子。

我们要稻子，要麦子，要番石榴，可是，令我们惊讶的是我们的确也想要一棵或很多棵神木。

我们要一个形象来把我们自己画给自己看，我们需要一则神话来把我们自己说给自己听：千年不移的真挚深情，阅尽风霜的泰然庄矜，接受一个伤痕便另拓一片苍翠的无限生机，人不知而不惧的怡然自足。

树在。山在。大地在。岁月在。我在。你还要怎样更好的世界？

适者

听惯了"物竞天择，适者生存"，使人不觉被绷紧了，仿佛自己正介于适者与不适者之间，又好像适于生存者的名单即将宣布了，我们连自己生存下去的权利都开始怀疑起来了。

但在山中，每一种生物都尊严地活着，巨大悠久如神木，神奇尊贵如灵芝，微小如阴暗岩石上恰似芝麻点大的菌子，美如凤尾蝶，丑如小蜥蜴，古怪如金狗毛，卑弱如匍匐结根的蔓草，以及种种不知名的万类万品，生命是如此仁慈公平。

甚至连没有生命的，也和谐地存在着，土有土的高贵，石有石的尊严，倒地而死无人凭吊的树尸也纵容菌子、蕨草。藓苔和木耳爬得它一身，你不由觉得那树尸竟也是另一种大地，它因容纳异己而在那些小东西身上又青青翠翠地再活了起来。

生命是有充分的余裕的。

在山中，每一种存在的都是适者。

忽然，我听到人声，司机来接我了。

"就在那上面，"他指着头上的岩突叫着，"我爸爸打过三只熊！"

我有点生气，怎么不早讲？他大概怕吓着我，其实，我如果事先知道自己走的是一条大黑熊出没的路，一定要兴奋十倍。可惜了！

"熊肉好不好吃？"

"不好吃，太肥了。"他顺手摘了一把野草，又顺手扔了，他对逝去的岁月并不留恋，他真正挂心的是他的车，他的孩子，他计划中的旅馆。

山风跟我说了一天，野水跟我聊了一天，我累了。回来的公路局车上安分地凭窗俯瞰极深极深的山涧，心里盘算着要到何方借一支长瓢，也许长如杓子星座的长瓢，并且舀起一瓢清清冽冽的泉水。

有人在山跟山之间扯起吊索吊竹子，我有点喜欢做那竹子。

回到复兴，复兴在四山之间，四山在金云的合抱中。

水程

清晨，我沿复兴山庄旁边的小路往吊桥走去。

吊桥悬在两山之间，不着天，不巴地，不连水——吊桥真美。走吊桥时我简直有一种走索人的快乐，山色在眼，风声在耳，而一身系命于天地间游丝一般的铁索。

多么好！

我下了吊桥，走向渡头，舟子未来，一个农妇在田间浇豌豆，豌豆花是淡紫的，很细致美丽。

打谷机的声音不知从何处传来，我感动着，那是一种现代的舂米之歌。

我要等一条船沿水路带我经阿姆坪到石门，我坐在石头上等着。

乌鸦在山岩上直嘎嘎地叫着，记得有一年在香港碰到王星磊导演的助手，他没头没脑地问我：

"台湾有没有乌鸦？"

他们后来到印度去弄了乌鸦。

我没有想到在山里竟有那么多乌鸦，乌鸦的声音平直低哑，丝毫不婉转流利，它只会简单直接地叫一声：

"嘎——"

但细细品味，倒也有一番直抒胸臆的悲痛，好像要说的太多，仓皇到极点反而只剩一声长噫了！

乌鸦的羽翅纯黑硕大，华贵耀眼。

船来了，但乘客只我一个，船夫定定地坐在船头等人。

我坐在船尾，负责邀和风，邀丽日，邀偶过的一片云影，以及夹岸的绿烟。没有别人来，那船夫仍坐着。两个小时过去了。

我觉得我邀到的客人已够多了，满船都是，就付足了大伙儿的船资，促他开船。他终于答应了。

山从四面叠过来，一重一重地，简直是绿色的花瓣——不是单瓣的那一种，而是重瓣的那一种，人行水中，忽然就有了花蕊的感觉，那种柔和的，生长着的花蕊，你感到自己的尊严和芬芳，你竟觉得自己就是张横渠所说的可以"为天地立心"的那个人。

不是天地需要我们去为之立心，而是由于天地的仁慈，他俯身将我们抱起，而且刚刚好放在心坎的那个位置上。山水是花，天地是更大的花，我们遂挺然成花蕊。

回首群山，好一块沉实的纸镇，我们会珍惜的，我们会在这张纸上写下属于我们的历史。

后记

一、常常，我仍想起那座山。

二、冬天，我再去复兴山庄，狠狠地看了一天的梅花。

三、夏天，在一次离台旅行之前，我又去了一次拉拉山，吃了些水蜜桃，以及山壁上倾下来的不花钱的红草莓。夏天比秋天好的是绿苔上长满十字形的小紫花，但夏天游人多些，算来秋天比夏天多了整整一座空山。

念你们的名字

——寄阳明医学院大一新生

　　孩子们，这是八月初的一个早晨，美国南部的阳光和煦而透明，流溢着一种让久经忧患的人鼻酸的、古老而宁静的幸福。助教把期待已久的发榜名单寄来给我，一百二十个动人的名字，我逐一地念着，忍不住覆手在你们的名字上，为你们祈祷。

　　在你们未来七年漫长的医学教育中，我只教授你们八个学分的国文，但是，我渴望能教你们如何做一个人，以及如何做一个中国人。

　　我愿意再说一次，我爱你们的名字！

　　名字是天下父母满怀热望的刻痕，在万千中国文字中，他们所找到的是一两个最美丽、最醇厚的字眼——世间每一个名字都是一篇简短、质朴的祈祷！

　　"林逸文""唐高骏""周建圣""陈震寰"，你们的父母多么期望你们是一个出类拔萃的孩子。"黄自强""林敬德""蔡笃义"，多少伟大的企盼在你们身上。"张鸿仁""黄仁辉""高泽仁""陈宗仁""叶宏仁""洪仁政"，说明儒家传统对仁德的向往。"邵国宁""王为邦""李建忠""陈泽浩""江建中"，显然你们的父母把你们奉献给苦难的中国。"陈怡苍""蔡宗哲""王世尧""吴景衣""陆恺"，蕴涵着一个个古老圆融的理想。

我常惊讶，为什么世人不能虔诚地细细体味另一个人的名字？为什么我们不懂得恭敬地省察自己的名字？

每一个名字，或雅或俗，都自有它的意义和爱心倾注。如果我们能用细腻的领悟力去叫别人的名字，我们便能更好地互敬互爱，这世界也可以因此而更美好。

这些日子以来，也许你们的名字已成为桑梓邻里间一个幸运的符号，许多名望和财富的预期已模模糊糊和你们的名字联系在一起，许多人用钦慕的眼光望着你们，一方无形的匾已悬在你们的眉际。

有一天，医生会成为你们的第二个名字。但是，孩子们，什么是医生呢？一件比常人所穿更白的衣服？一笔更有保障的收入？一个响亮而荣耀的名字？孩子们，在你们不必讳言的快乐里，抬眼望望你们未来的路吧。

什么是医生呢？孩子们，当一个生命在温湿柔韧的子宫中悄然成形时，你，是第一个宣布这神圣事实的人。当那蛮横的小东西在尝试转动时，你是第一个窥得他在另一个世界的心跳的人。当他陡然冲入这世界，是你的双掌接住那华丽的初啼。是你，用许多防疫针把成为正常人的权利给了婴孩，是你，辛苦地拉动一个初生儿的船纤，让他开始自己的初航。当小孩半夜发烧时，你是那些母亲理直气壮打电话的对象。

一个外科医生常像周公旦一样，是一个在简单的午餐中三次放下食物走进急救室的人。有时候，也许你只需为病人擦一点红药水，开几粒阿司匹林；但也有时候，你必须为病人切开肌肤，拉开肋骨，拨开肺叶，将手术刀伸入一颗深藏在胸腔中的鲜红心脏；有的时候，你甚至必须忍受眼看血癌吞噬一个稚嫩无辜的孩童而束手无策的裂心之痛！

一个出名的学者来见你的时候，可能只是一个脾气暴烈的牙痛病人；一个成功的企业家来见你的时候，可能只是一个气结的哮喘病人；一个伟大的政治家来见你的时候，也许什么都不是，他只剩下一口气，拖着一个中风后瘫痪的身体；挂号室里美丽的女明星，或者只是一个长期失眠、神经衰弱、有自杀倾向的患者……你陪同病人走过生命中最黯淡的时刻，你倾听垂死者的最后一声呼吸，探察他的最后一次心跳。

你开列出生证明书，你在死亡证明书上签字，你的脸写在婴儿初闪的瞳仁中，也写在垂死者最后的凝望里。你陪同人类走过生老病死，你扮演的是一个怎样的角色啊！一个真正的医生怎能不是一个圣者？

事实上，成为一个医者的过程正是一个苦行僧修炼的过程。你需要学多少东西才能使自己免于无知，你要保持怎样的荣誉心才能使自己免于无行，你要几度犹豫才能狠下心拿起解剖刀切开第一具尸体，你要怎样自省才能在医治过千万个病人之后，使自己免于职业性的冷漠和无情。

在成为一个医者之前，第一个需要被医治的，应该是我们自己。在一切的给予之前，让我们先拥有。

孩子们，我愿意把那则古老的"神农氏尝百草"的神话再说一遍。神话是无稽的，但令人动容的是一个行医者的投入精神，以及那种人饥己饥、人溺己溺、人病己病的同情。

身为一个现代的医生，当然不必一天中毒七十余次，但贴近别人的痛苦，体谅别人的忧伤，以一个单纯的"人"的身份，怀着恻隐之心探看另一个身罹疾病的"人"，仍是可贵的。

记得那个"悬壶济世"的故事吗？"市中有老翁卖药，悬一壶于肆头，及市罢，辄跳入壶中，市人莫之见……"那老人的药事实上应该解释成他自己。

孩子们，这世界上不缺乏专家，不缺乏权威，缺乏的是一个"人"，一个肯把自己给出去的人。

当你们帮助别人时，请记住医药是有时而穷的，唯有不竭的爱能照亮一个受苦的灵魂。

古老的医术中不可缺的是"探脉"，我深信那样简单的动作里蕴藏着一些神秘的象征意义。你们能否想象一个医生用敏感的指尖去探触另一个人的脉搏的神圣画面？

因此，孩子们，让我们怵然自惕，让我们清醒地推开别人加给我们的金冠，而选择长程的劳瘁。诚如耶稣基督所说："非以役人，乃役于人。"

真正伟人的双手并不浸在甜美的花汁中，而常忙于处理一片恶臭的脓血；真正伟人的双目并不凝望最挺拔的高峰，他们常俯下身来察看一个卑微的贫民的病容。

孩子们，让别人去享受"人上人"的荣耀，我只祈求你们善尽"人中人"的天职。

我曾认识一个年轻人，多年后我在纽约遇见他。他开过计程车，做过跑堂，尝试过各式各样的谋生手段，但他仍在认真地念社会学，而且还在办杂志。

一别数年，恍如隔世，但最令我感到安慰的是，当我们一起走过曼哈顿的时候，他无愧地说："我还保持着当年那一点对人的关怀，对人的好奇，对人的执着。"

　　其实，不管我们研究什么，可贵的仍是对人的诚意。我们可以用赞叹的手臂拥抱一千条银河，但当那灿烂的光流贴近我们的前胸，其中最动人的音乐仍是雄浑、坚实的人类的心跳！

　　孩子们，尽管人类制造了许多邪恶，但人体还是天真的、可尊敬的、奥妙的神迹。生命是壮丽的、强悍的，一个医生不是生命的创造者，他只是协助生命神迹保持其本来秩序的人。孩子们，请记住，你们每一天所遇见的不仅是人的"病"，也是病的"人"，人的眼泪，人的微笑，人的故事，孩子们，这是怎样的权利！

　　作为一个国文老师，我所能给你们的东西是有限的。几年前，曾有一天清晨，我走进教室，那天要上的课是诗经。我捏着那古老的诗册，望着台下而哽咽了，眼前所能看见的是二十世纪的烽烟，而课程的进度却要我去讲三千年前的诗篇，诗中有的是水草浮动的清溪，是杨柳依依的水湄，是鹿鸣呦呦的草原，是温柔敦厚的民情。我站在台上，望着台下激动的眼神，仍然决定讲下去。那美丽的四言诗是一种永恒，我告诉那些孩子们有一种东西比权力更强，比疆土更强，那是文化——只要国文尚在，则中国尚在，我们仍有安身立命之所。孩子们，选择做一个中国人吧！你们曾由于命运生为一个中国人，但现在，让我们以年轻的、自由的肩膀，选择担起这份中国人的轭。但愿你所医治的，不仅是一个病人的沉疴，而是整个中国的羸弱。但愿你们所缝补的不仅是一个病人的伤痕，而是整个中国的痛疽。孩子们，所有的良医都是良相——正如所有的良相都是良医。

　　窗外是软碧的草茵，孩子们，你们的名字浮在我心中，我浮在四壁书香里，书浮在暗红色的古老图书馆里，图书馆浮在无际的紫色花浪间，这是一个美丽的校园。客中的岁月看尽异国的异景，我所缅怀的仍是台北三月的杜鹃。孩子们，我们不曾有一个古老而幽美的校园，我们的校园等待你们的足迹让它变得美丽。

　　孩子们，我祈求全能者以广大的天心包覆你们，让你们懂得用爱心去托住别人；祈求造物主给你们内在的丰富，让你们懂得如何去分给别人。某些医生永远只能收到医疗费，我愿你们收到的更多——我愿你们收到别人的感念。

　　念你们的名字，在乡心隐动的清晨。我知道有一天将有别人念你们的名字，在一片黄沙飞扬的乡村小路上，或者在曲折迂回的荒山野岭间，将有人以祈祷的嘴唇，默念你们的名字！

题库中的陆游

问学生陆游是谁，他们自有标准答案，那答案是："南宋爱国诗人。"你不能说他们错，却知道，他们也绝对不对。

好好一个陆放翁，结结棍棍地活过八十多年，在疆场披霜，在情场流泪，写下上万首的诗，小词也填得沁人肺腑。这样一个人，岂肯被你"南宋爱国诗人"六个字套牢？

然而这是一个粗鄙无文的时代，大多数的人急着把自己或别人归类，归了类，就做完了选择题，就可以心安了（天知道啊，至少我自己这半生就努力不让人家轻易把我给拨进某一队里去，更不要挂上某一番号）。

那人活到七十八岁，犹然为满山梅花惊动不安的灵魂，写下"何方可化身千亿，一树梅花一放翁"的句子。那时候，如果你问他：

"陆游，你是谁？"

他会说：

"我是想化身千万而不得的凡人，如果可能，我希望我是一万个陆游的集合体，我希望我随时可以散开，散到四山去，在每一棵老梅下放一个陆游——而每一个陆游都是梅花之美的俘虏。你问我是谁？我是花臣酒卒。"

晚年，他是行走在村头社尾的一个老头：

"儿童共道先生醉，折得黄花插满头。"

此时，你如大叫一声：

"喂，老头，你是谁呀？"

他会说：

"我是那些小鬼捉弄的对象，他们很快乐，因为看到我喝醉了，便插我一头野花来害我出糗——我也很快乐，我这辈子从来不好意思自己插花戴朵，现在装装醉，装装被他们陷害，体会一下满头插花的快乐——哈，我是谁？我是一个老骗子呢！"

世上总没有一生八十年，一年三百六十五天，一天二十四小时的"爱国诗人"，陆游只是写他的诗，只是记录他的心情。至于分类，陆游何尝知道自己已经被贴上标签，分类归档，准备拿去题库里当一条很好的选择题。

我在

　　记得是小学三年级，偶然生病，不能去上学，于是抱膝坐在床上，望着窗外寂寂青山、迟迟春日，心里竟有一份巨大幽沉至今犹不能忘的凄凉。当时因为小，无法对自己说清楚那番因由，但那份痛，却是记得的。

　　为什么痛呢？现在才懂，只因你知道，你的好朋友都在那里，而你偏不在，于是你痴痴地想，他们此刻在操场上追追打打吗？他们在教室里挨骂吗？他们到底在干什么啊？不管是好是歹，我想跟他们在一起啊！一起挨骂挨打都是好的啊！

　　于是，开始喜欢点名，大清早，大家都坐得好好的，小脸还没有开始脏，小手还没有汗湿，老师说："×××。"

　　"在！"

　　正经而清脆，仿佛不是回答老师，而是回答宇宙乾坤，告诉天地，告诉历史，说，有一个孩子"在"这里。

回答"在"字，对我而言总是一种饱满的幸福。

然后，长大了，不必被点名了，却迷上旅行。每到山水胜处，总想举起手来，像那个老是睁着好奇圆眼的孩子，回一声：

"我在。"

"我在"和"××到此一游"不同，后者张狂跋扈，目无余子，而说"我在"的仍是个清晨去上学的孩子，高高兴兴地回答长者的问题。

其实人与人之间，或为亲情或为友情或为爱情，哪一种亲密的情谊不是基于"我在这里，刚好，你也在这里"的前提？一切的爱，不就是"同在"的缘分吗？就连神明，其所以为神明，也无非由于"昔在、今在、恒在"，以及"无所不在"的特质。而身为一个人，我对自己"只能出现于这个时间和空间的局限"感到另一种可贵，仿佛我是拼图板上扭曲奇特的一块小形状，单独看，毫无意义，及至恰恰嵌在适当的时空，却也是不可少的一块。天神的存在是无始无终浩浩莽莽的无限，而我是此时此际此山此水中的有情和有觉。

有一年，和丈夫带着一团的年轻人到美国和欧洲去表演，我坚持选崔颢的《长干曲》作为开幕曲，在一站复一站的陌生城市里，舞台上碧色绸子抖出来粼粼水波，唐人乐府悠然导出：

> 君家何处住？妾住在横塘。
> 停船暂借问，或恐是同乡。

渺渺烟波里，只因错肩而过，只因你在清风我在明月，只因彼此皆在这地球，而地球又在太虚，所以不免停舟问一句话，问一问彼此隶属的籍贯，问一问昔日所生、他年所葬的故里，那年夏天，我们也是这样一路去问海外中国人的隶属所在的啊！

《旧约》里记载了一则三千年前的故事，那时老先知以利因年迈而昏聩无能，坐视宠坏的儿子横行，小先知撒母尔却仍是幼童，懵懵懂懂地穿件小法袍在空旷的大圣殿里走来走去。然而，事情发生了，有一夜他听见轻声的呼唤："撒母尔！"

他虽瞌睡却是个机警的孩子，跳起来，便跑到老以利面前：

"你叫我，我在这里！"

"我没有叫你，"老态龙钟的以利说，"你去睡吧！"

孩子躺下，他又听到相同的叫唤：

"撒母尔！"

"我在这里，是你叫我吗？"他又跑到以利跟前。

"不是，我没叫你，你去睡吧！"

第三次他又听见那召唤的声音，小小的孩子实在给弄糊涂了，但他仍然尽快跑到以利面前。

老以利蓦然一惊，原来孩子已经长大了，原来他不是小孩子梦里听错了话，不，他已听到第一次天音，他已面对神圣的召唤。虽然他只是一个稚弱的小孩，虽然他连什么是"天之钟命"也听不懂，可是，旧时代毕竟已结束，少年英雄会受天承运挑起八方风雨。

"小撒母尔，回去吧！有些事，你以前不懂，如果你再听到那声音，你就说：'神啊！我在这里。'"

撒母尔果真第四度听到声音，夜空烁烁，廊柱耸立如历史，声音从风中来，声音从星光中来，声音从心底的潮声中来，来召唤一个孩子。

撒母尔自此至死，一直是个威仪赫赫的先知，只因多年前，当他还是稚童的时候，他答应了那声呼唤，并且说："我，在这里。"

我当然不是先知，从来没有想做"救星"的大志，却喜欢让自己是一个"紧急待命"的人，随时能说："我在，我在这里！"

这辈子从来没喝得那么多，大约是一瓶啤酒吧，那是端午节的晚上，在澎湖的小离岛。为了纪念屈原，渔人那一天不出海，小学校长陪着我们和家长会的朋友吃饭，对着仰着脖子的敬酒者你很难说"不"。他们喝酒的样子和我习见的学院人士大不相同，几杯下肚，忽然红上脸来，原来酒的力量竟是这么大的。起先，那些宽阔黧黑的脸不免不自觉地有一分面对台北人和读书人的卑抑，但一喝了酒，竟人人急着说起话来，说他们没有淡水的日子怎么苦，说淡水管如何修好了又坏了，说他们宁可倾家荡产，也不要天天开船到别的岛上去搬运淡水……

而他们嘴里所说的淡水，在台北人看来，也不过是咸涩难咽的怪味水罢了 —— 只是于他们却是遥不可及的美梦。

我们原来只是想去捐书，只是想为孩子们设置阅览室，没有料到他们红着脸粗着脖子叫嚷的却是水！这个岛有个好听的名字，叫"鸟屿"，岩岸是美丽的黑得发亮的玄武石组成的。浪大时，水珠会跳过教室直落到操场上来，澄莹的蓝波里有珍贵的丁香鱼，此刻餐桌上则是酥炸的海胆，鲜美的小鳝……然而这样一个岛，却没有淡水。

我能为他们做什么？在同盏共饮的黄昏，也许什么都不能，但至少我在这里，在倾听，在思索我能做的事……

读书，也是一种"在"。

有一年，到图书馆去，翻一本《春在堂笔记》，那是俞樾先生的集子，红绸精装的封面，打开封底一看，竟然从来也没人借阅过，真是"古来圣贤皆寂寞"啊！心念一动，便把书借回家去。书在，春在，但也要读者在才行啊！我的读书生涯竟像某些人玩"碟仙"，仿佛面对作者的精魄。对我而言，李贺是随召而至的，悲哀悼亡的时刻，我会说："我在这里，来给我念那首《苦昼短》吧！念'吾不识青天高，黄地厚，唯见月寒日暖，来煎人寿'。"读那首韦应物的《调笑令》的时候，我会轻轻地念："胡马，胡马，远放燕支山下。跑沙跑雪独嘶，东望西望路迷。迷路，迷路，边草无穷日暮。"一面觉得自己就是那从唐朝一直狂驰至今不停的战马，不，也许不是马，只是一股激情，被美所迷，被莽莽黄沙和胭脂红的落日所震慑，因而心绪万千，不知所止的激情。

看书的时候，书上总有绰绰人影，其中有我，我总在那里。

《旧约·创世记》里，堕落后的亚当在凉风乍至的伊甸园把自己藏匿起来。上帝说：

"亚当，你在哪里？"

他噤而不答。

如果是我，我会走出，说："上帝，我在，我在这里，请你看着我，我在这里。不比一个凡人好，也不比一个凡人坏，我有我的逊顺祥和，也有我的叛逆凶戾，我在我无限的求真求美的梦里，也在我脆弱不堪一击的人性里。上帝啊，俯察我，我在这里。"

"我在"，意思是说我出席了，在生命的大教室里。

几年前，我在山里说过的一句话容许我再说一遍，作为终响：

"树在。山在。大地在。岁月在。我在。你还要怎样更好的世界？"